밤새 안녕하셨습니까?

김복준의 아침인사

# 밤새 안녕하셨습니까?

우물이 있는 집

• 넉넉한 하루가 매일같이 이어져서 언제나 행복하기를 •

매일 아침에 '문안 인사'를 해온 지가 벌써 10년을 넘고 있습니다. 공휴일을 제외하곤 매일 안부의 글을 썼습니다. 특별한 내용은 아니지만, 저의 소소한 일상이나 생각을 주변 사람에게 전하며 안부를 묻는 말 그대로 '아침 인사'입니다. 누구에게나 세월은 흐르고 '어제의 나'와 '지금의 나'가 같은 모습일 수는 없겠지만, 변화해 가는 모습 속에서 끝까지 지키고 싶은 '나의 모습'은 있었기 때문에 조금 소심하게 일상을 공개해도 상관없겠다는 생각으로 시작한 일이었습니다. 그 인사말들을 모으고 추려서 책을 내기로 한 다음부터 너무 주제넘은 행동이 아닌가 두렵기도 했습니다. 처음부터 작정을 하고 쓴 것이 아니라 주변 사람들에게 매일 안부나 전하자는 '가벼운' 목적으로 시작했는데 이를 책으로 묶으려다보니 뭔가 부족하고 아쉽다는 생각을 떨칠 수 없었기 때문입니다. 그렇게 한참을 망설이며 고민하고 있을 때, 주변에서 나름대로 의미가 있다는 격려가 있어 용기를 내 보았습니다. 다만, 그 과정에서 고민이 있었다는 것만은 알아주셨으면 좋겠습니다.

지난 10년 동안 '아침인사'를 먼저 건넨 것은 저였지만, 제게 다시 인사를 되돌려주신 많은 분들이 계십니다. 평범하게 세상을 살아가는 '우리'들의 일상이 뻔하다면 뻔한 일일 수 있지만, 그래서 오히려 공감해 주신 것은 아닐까 생각합니다. 10년이라는 시간 동안 집이나 연구실에서는 물론 심지어 전철이나 택시, KTX와 비행기 안에서도 제가 인사를 건넬 수 있었던 것은 언제나 저의 안부를 궁금해 하고 저의 인사를 받아주는 '여러분'들이 있었기 때문이었습니다. 저는 그렇게 '아침 인사'를 통해 소통했던 시간들을 묶은 것이 이 책이라고 생각합니다.

제목처럼 《밤새 안녕하셨습니까?》를 묻는 것은 새 아침의 인사이며 주어진 하루를 좀 더 알차게 보내자는 결의이기도 합니다. 당연히 어제의 자신을 돌아보는 의미이기도 합니다. 넉넉한 하루가 매일같이 이어져서 언제나 행복하기를 바라는 마음으로 부끄러운 글을 올립니다.

그저 안녕하시고 늘 곁에 있어 주셔서 고맙습니다.

2023년 7월 김복준

## 차 례

## 3부 겪어본 사람이 알지요

1부

추억은
아름다울지라도

《심야괴담회》 녹화가 있었습니다. 주로 호러물을 다루지만
한 꼭지는 실제 사건을 소개하는 것으로 바뀌어서 제가 그걸 설
명하는 게스트가 되었습니다. 이른바, "귀신보다 사람이 무섭
다!"라는 주제가 될 것입니다. 반드시 '범죄예방'을 위한 몇 마
디가 추가되기도 하고요.

공휴일에는 쉬는 것을 원칙으로 하지만 주 1회 나가는 방송이
어서 한 달에 일요일 두 번 정도 투자하면 적어도 공중파에서 한
달에 4번은 얼굴을 보일 수 있을 것 같아 출연하게 되었습니다.
제 나름의 원칙을 깨는 일이라 많이 망설였지만 취지가 나쁘지
않다는 것을 위안으로 삼아봅니다.

녹화 중에 한번은 김구라 씨가 "솔직히 귀신이 무섭지 않느
냐?"는 질문을 했습니다.

"전혀……."라고 답을 했습니다. 하지만 귀신이 실제로 있다는 전제하에서 귀신이 무섭지 않은 사람이 있을까요? 다만 저는 귀신이 실제로 존재하지 않는다는 생각을 가진 사람이고, 나아가 귀신 이전에 사람을 해치는 사람이 더 무섭다는 뜻이었을 뿐입니다.

형사로 재직하던 시절에 공동묘지 인근에서 잠복근무를 할 때면 모골이 송연해진다는 느낌을 몇 번이나 실제로 경험했습니다. 한번은 충청도 예산의 공동묘지 인근 허름한 빈집에서 잠복근무를 했는데 아침에 보니 그 집이 상여 같은 장례식에 필요한 물건들을 보관하는 장소였다는 사실을 알고는 거의 기절할 뻔했던 기억도 있습니다.

사람은 약하고 힘없는 존재라서 자신의 허약함을 허세로 위장하지만, 그저 사람일 뿐이라고 생각합니다. 저는 직업의 특성상 타인이 제게 의존하는 일이 많았기 때문에 안 그런 척, 강한 척, 의연한 척했던 것입니다. 또한 귀신이 있다고 믿지도 않지만, 귀신은 없어도 '하늘'은 있다고 늘 믿어왔기 때문에 사람으로서의 도리나 형사로서의 자세를 지키기 위해 애쓰면서 살아왔습니다.

당시에 저는 두려움이 밀려올 때면 늘 "지금 나는 잘못된 무언가를 바로잡기 위해 하는 것이니 걱정하지 말자!"라고 자기 최면을 걸면서 그 상황을 버텼습니다. 어떤 목적, 어떤 생각으로 일을 하느냐에 따라서 모든 것이 달라질 수 있다는 것은 틀림없는 진리입니다. 귀신이 있다면 귀신도 제가 왜 그 공포스러웠던 순간을 악착같이 버텼는지 알 겁니다. 그래서 지금까지 무사히 올 수 있었다고 생각합니다.

# • '껌 값' 받고 배신하는 사람은 되지 말자 •

　　오랜만에 후배와 통화를 하다가 젊은 날의 제 모습을 다시 떠올리게 되었습니다. 아직도 같이 근무했던 경찰후배들 사이에서는 저의 어록(?)과 기행이 회자되고 있다고 합니다.

　　한번은 어떤 사건에 연루된 모 나이트클럽을 수사했습니다. 그 나이트클럽 사장이 지인을 통해서 당시로는 제법 큰돈을 제게 건넸습니다. 화가 났습니다. 그 길로 나이트클럽 사장이 놓고 간 돈으로 제과 대리점에 가서 껌을 샀습니다. 사고 보니 거의 트럭의 절반이나 되는 양이었는데 그 껌을 모두 나이트클럽 사장실로 보냈습니다.

　　'어디서 수작질이냐? 껌이나 씹어라!' 뭐 이런 미숙한 오기가 치솟았던 것입니다.

　　돌이켜보면 낯이 후끈합니다. 당시에 저는 그렇게 미성숙하고 단순했던 겁니다. 물론 주변에서 이구동성으로 저나 팀원들에게 한 마디씩 압박을 가하는 사람들에게 제 수사를 방해하면 이렇게 된다는 경고도 포함되어 있었습니다. 하지만 그렇게까지 할 필요는 없었던 것인데 말입니다. 하여튼 그 일로 인해 우리 팀에서는 뇌물로 자신의 죄를 피해가려는 사람들을 '껌 값 주는 놈들'이라고 부르기 시작했고, 함께 일하는 직원들도 뇌물을 '껌 값'이라고 부르게 됐던 것 같습니다. 저도 매번 껌 값 받고 스스로를 배신하는 사람은 되지 말자고 말하고 다녔던 기억이 있습니다. 돌아가신 아버님 유지인 "호랑이는 배가 고파도 풀을 뜯지 않는다."는 말을 실천하려고 애는 썼던 것 같습니다.

가끔 후배들을 통하여 잊혀졌던 과거의 제 모습을 보는 것도 나쁘지는 않습니다. 잘못한 일에 대해서는 부끄러워하고 반성도 합니다. 가능하면 뒤늦게라도 사과도 하면서 말입니다. 한편으로 저의 단순하고 미성숙했던 행동이 요즘 후배들에게 긍정적인 방향으로 회자되고 있다고 하니 다행입니다.

## • 멸치의 등뼈도 척추 •

제가 형사과장으로 근무하던 시절에 지역에서 꽤나 영향력을 발휘하는 사람이 있었습니다. 그분이 가끔 경찰서를 출입하곤 했는데, 꼭 자가용 운전기사분을 대동하고 나타났습니다. 추운 날에 본인은 값비싼 코트에 목도리까지 두르고 있었지만, 앞세우는 운전기사분은 늘 양복차림이었습니다. 육안으로 보아도 추위에 떠는 게 느껴져서 "이렇게 추운데 외투를 입으시지 왜 양복만 입고 오시느냐?"고 슬며시 물었습니다.

그 운전기사분은 "회장님이 차에서 내린 다음에 실내에서 외투를 벗으면 따라가서 그 옷을 받아주어야 하기 때문"이라고 했습니다. "아니 본인이 외투를 입는 것과 회장님의 외투를 받는 게 무슨 연관이 있느냐?"고 했더니 "회장님이 양복을 입고 있는데 혼자서 외투를 걸치고 있으면 안 된다."는 것이었습니다.

대답을 듣고 저는 잠시 혼란스러웠습니다. 그분의 말이 옳은 듯 아닌 것 같았고, 또 일견 이해를 하면서도 은근히 부아가 치밀었습니다. 그 회장님이라는 분이 경찰서에 들르는 이유가 특별한 볼일이 있어서라기보다는 '동네 유지'로서 방문하는 것일 뿐이라는 사실을 알았기 때문입니다. 서장 이하 각 과장들과 함께 식사를 하는 정도의 일에 엄청난 '의전'을 챙기면서 방문해야할 이유가 있을까 싶기도 했고요.

하여튼 그 일이 있은 후로 저는 그 회장님이 주관하는 식사자리에는 일절 참석하지 않았습니다. 늘 다른 일이 있다고 핑계를 대고 빠지곤 했습니다. 그랬더니 어느 날은 서장님께서 제게 한마디 하셨습니다. "김 과장은 왜 식사자리에 늘 빠지지요?"

저의 행동을 눈여겨 보신 게 분명해서 다른 구실을 대는 것은 안 되겠다 싶어서 사실대로 말씀을 드렸습니다. "수사과장 자리는 관내에서 일어나는 전체 사건에 영향을 미치는 자리입니다. 특별한 경우를 제외하고 가능하면 사람들과 안면을 트지 않는 것이 좋습니다."

애매하다는 표정으로 고개를 끄덕이는 서장님을 두고 얼른 사무실의 제 자리로 돌아왔습니다.

그런데 지나고 나서 생각해보니 저는 그 회장님의 군림하는 태도가 싫었던 겁니다. 체질적으로 거들먹거리는 사람들을 싫어하기도 하지만, 특히 약한 사람들에게 함부로 하고 배려하지 않는 사람들과는 말도 섞기 싫어하는 성격이라서 말입니다.

이후 그 회장님이 어떤 사건에 대해서 '관심'을 표했으나, 저는 아주 원칙대로 처리해 주었습니다. 공짜 점심은 없기 때문에 밥은 내 돈 내고 사먹는 것이 속 편한 법입니다.

문득 당시 그 회장님의 자가용을 운전하시던 분이 어찌 지내시는지 궁금합니다. 잘 살고 계시겠지요. 자본주의 사회에서 많이 가진 게 부끄러운 일이 아닌 것처럼 가지지 못한 것이 당당하지 못할 이유는 아닙니다. 멸치의 등뼈도 척추니까요.

12월! 눈을 떠보니 온 세상이 하얗게 눈으로 덮여 신의 축복처럼 느껴졌던 설레임이 있는 달입니다. 예전처럼 김장을 끝내고 연탄을 몇백 장 쌓아두면 "월동준비 끝!" 하고 만족스러워하던 시절은 아니지만, 그래도 모두 겨우살이 준비는 잘 마치셨죠?

추위 속에서 고생스러웠던 기억은 모두가 다 같이 못 살았던 유년 시절보다는 형사로 근무했을 때의 기억이 도드라집니다. 특히 영하 20도까지 떨어지는 맹추위 속에서 잠복근무를 하던 때의 기억과 툭하면 하루 전부터 24시간 고정배치를 하던 대통령 경호경비 근무할 때의 기억이 지금도 생생합니다. 당시에는 자동차가 흔치 않던 시절이라서 골목 끝이나 지정된 연도(沿道)에 선 채로 잠복이나 경호경비를 했기 때문에 온몸이 거의 동태 수준이 되어버렸지만, 그래도 버티어야 했습니다. 기약 없이 무작정

기다려야 하는 지겨운 잠복은 물론, 길바닥 위에서 무한정 서 있어야 하는 경호경비를 할 때면 춥기는 어찌나 추웠던지요. 사전에 군용 야전 점퍼에 내복을 겹겹이 껴입고 나름 만반의 준비를 해서 나섰지만, 노출된 얼굴은 물론이고 온몸으로 거침없이 파고드는 냉기는 어쩔 수가 없었습니다. 특히 발이 왜 그리도 시려웠던지요.

그때 체득한 게 보폭을 최대한 작게 하고 폭 2미터 이내의 원을 그리며 도는 추위 탈출 운동법입니다. 하루를 꼬박 서 있어야 했는데, 지나치게 빨리 돌게 되면 체력도 소진되고 무엇보다 자칫 땀이 나면 옷이 젖을 수 있기 때문에 아주 천천히 속도를 잘 유지하는 게 요령입니다. 지금은 차 안에서 잠복을 하지만, 자동차가 대중화되기 이전에는 모두 그렇게 길바닥에 서서 겨울을 온몸으로 겪으며 잠복을 했습니다. 물론 요즘에도 잠복근무 중에는 자동차의 시동을 켤 수가 없기 때문에 차 안에서 매서운 겨울바람을 피하는 정도일 뿐, 추운 것은 마찬가지일 겁니다.

그렇게 아침이 되어 같이 근무하던 동료의 얼굴을 쳐다보면 '상거지'가 따로 없었습니다. 서로 상대의 얼굴을 보면서 낄낄거렸습니다. 얼마나 추웠던지 집 앞에 나와 있던 '쓰레기'를 태우며 추위를 버티곤 했는데 밤새 박스나 궤짝, 비닐 같은 것들을 태우다 보면 그 그을음으로 인해 얼굴이 새까맣게 변해 있었기 때문이었습니다. 당시에는 쓰레기통을 따로 마련하지 않고 나무로 된 사과 궤짝 같은 것을 집 앞에 두고서 거기에 쓰레기를 담아두는 집이 많았거든요. 그 쓰레기를 태우며 밤을 새웠던 겁니다.

밤새 같이 서서 근무했던 동료와 무수한 말을 주고받았는데 아침이 되면 무슨 대화를 나누었는지 하나도 기억나지 않았습니다. 돌이켜보면 힘겹고 서러운 시절을 '꿈' 같이 보낸 겁니다. 무엇을 위해서 그렇게 했든 그 자체가 최선을 다해 사는 일이라고 생각했으니까요.

그때 그 친구들도 저처럼 한 번씩은 그때의 일을 꺼내어 보겠지요. 힘들고 괴로웠던 일들도 시간이 지나면 추억이 되기도 하는 것 같습니다.

## • 추억은 아름답지만 •

지난여름 모진 햇볕 속에서 몰아치는 고난들을 잘 이겨내심을
축하합니다.

저는 가을이 어서 본격적으로 시작되었으면 좋겠습니다. 그리
고 가을이 한 달 정도만 더 길었으면 좋겠습니다. 여름이나 겨울
이 줄어들 테니까요. 되지도 않은 저만의 욕심이지요. 특별히 제
가 가을을 타고, 가을을 좋아하거든요. 어설픈 시도 써 보고 세
상 시름을 모두 모아서 상념에 빠져보기도 하고 스펀지에 베어드
는 잉크처럼 세파에 젖어가는 자신의 모습을 보면서 뭉크의 그
림 같은 비명도 질러볼 수 있으니까요. 가을 저무는 들녘의 황혼
과 밤새 뒤척이는 강가의 울음소리를 들을 수도 있고요. 저를 둘
러싸고 있는 환경 속에서 내내 스스로를 괴롭히던 잡다한 일들
이 순식간에 부질없음을 깨닫는 순간도 늘 가을이었습니다. 그

리고 가을 안개는 가끔씩 노스탤지어를 제공합니다. 당연히 운전은 조심해야 되겠지만요.

현직으로 있던 시절! 담당하고 있던 사건의 수사를 하던 중에 강원도 쪽으로 갈 일이 있어서 가다가 어떤 고개를 넘어 산속으로 들어갔는데 외길에 안개가 너무 많이 끼어서 오도 가도 못했던 적이 있습니다. 음습한 공기와 정적 속에서 한없이 밀려오는 공포로 같이 갔던 동료와 저는 둘이서 숨도 크게 쉬지 못하고 수시간을 차 안에서 보냈던 것으로 기억하고 있습니다. 게다가 자동차의 기름마저 소진 일보 직전이어서 엄청 가슴을 졸여야 했습니다. 새벽이 밝아오면서 해가 떠오르기 시작했는데 그 장면이 그렇게 희망적으로 느껴질 수 없었습니다. 시야가 확보되니 주변이 그렇게 아름다울 수 없었는데 우리는 밤새 무언가에 눌려 늘어선 나무들을 무서운 장승으로, 스멀스멀 피어오르던 안개를 지옥의 유황 연기로 여겼지 뭡니까.

다행히 폭이 조금 넓어진 장소에서 어렵게 차를 돌렸습니다. 그나마 내리막길이어서 주유소까지 갈 수 있었고 그곳에서 기름을 채웠습니다. 그때 주유소 사장님이 끓여 주신 커피 한 잔의 맛은 잊을 수가 없습니다.

그때 같은 조원이었던 후배가 퇴직을 한다고 합니다. 조만간 같이 막걸리라도 한 잔 나누어야겠습니다. 돌아보니 참으로 많은 시간, 수없이 많은 일들을 치르면서 이 자리까지 왔습니다. 추억은 아름답지만 더러는 목구멍으로 솟구치는 설움도 있습니다. 그래도 괜찮습니다. 아름다운 기억은 절망 속에서 더 찬연하니까요.

코로나 사태 이후 가장 힘든 일은 대중목욕탕에 가지 못하는 것이었습니다. 도저히 더 이상은 버티기 힘든 날에는 방수 마스크를 쓰고 목욕탕에 다녀오곤 했습니다. 이런 생각을 하고 있자니 문득 목욕탕에 관한 일화가 하나 생각났습니다.

제가 근무하던 경찰서에 한번은 학교 선배 되는 분이 서장으로 오셨습니다. 성품 자체가 너그럽고 온화해서 어딜 가서든 나서는 걸 꺼려하시는 분이었습니다. 하루는 그분이 틈을 내서 대중탕에서 목욕을 하고 있는데 갑자기 구두를 닦는 분이 불쑥 탕 안으로 오더니 "경찰 서장님, 전화 받으세요!"라며 선배님을 찾았다고 합니다. 쑥스럽기도 하고 해서 모른 척 그냥 있었더니 이번에는 탕 안을 돌아다니면서 고래고래 소리를 지르더라는 겁니다. 무슨 큰일이 있나 싶어 벌떡 일어났는데 목욕탕에 있던 다른 사람들이 일제히 서장님을 쳐다보더랍니다. 그러고는 바로 시선을 돌려 하나같이 자신의 아래를 쳐다봤다고 합니다. 어찌나 민망한지 손으로 중요부위를 가리고 목욕탕 밖으로 뛰어나왔는데 이후로는 그 목욕탕에 가지 못했다고 합니다.

그 이야기를 듣고 저 역시 비슷한 경험을 해본지라 한참 웃었습니다. 저는 목욕탕에서 일하시는 분이 "김복준 폭력반장님, 전화 받으세요!"라고 소리를 치길래 전화를 받으려고 일어섰더니 사람들이 전부 저를 피해 슬금슬금 다른 방향으로 옮겨가는 것이었습니다. 아마도 '폭력반장'이란 용어가 생소해서 사람들이 저를 폭력 조직의 행동대장 정도로 인식했던 것이었습니다.

당시에 저도 그 상황이 난감해서 후다닥 밖으로 뛰쳐나온 기억이 있습니다. 저의 경험과 그 선배님의 이야기가 오버랩이 되면서 얼마나 웃었는지 모릅니다.

이제는 목욕탕에서 누구도 저의 직책을 부르며 전화 받으라고 소리칠 일은 없습니다. 당연히 목욕탕에서 전화를 받아야 하는 일도 없을 겁니다. 지나고 보니 그때가 제 인생의 황금기가 아니었나 싶습니다. 세월이 참 빠릅니다. 오늘은 편안하게 목욕탕에 가서 때도 벗기고 광도 좀 내보겠습니다.

제가 자주 가는 막걸리 집이 있습니다. 오랜 동료가 자주 온다고 하는데 이용하는 시간이 달라서 그런지 1년이 다 가도록 마주치지 못하고 있습니다. 경찰에 입문해서 가장 '바닥'에 있을 때 서로 의지하며 힘든 세월을 보냈던 각별한 친구입니다. 그를 생각하자 문득 바닥시절 운수회사 버스 주차장에서 시위진압훈련을 받을 때 생각이 났습니다.

한창 훈련을 하고 어느 정도 지쳐갈 무렵에 경찰서장이 나타났습니다. 처음에는 모두들 격려차 온 것으로 알았는데 그게 아니었습니다. 부대원들을 전부 정자세로 세우더니 훈련이 형편없다면서 뜬금없이 모두 "엎드려뻗쳐!"를 시키는 것이었습니다. 당시 부대를 지휘하던 경비과장은 경감이었고 맨 앞에 서서 지휘를 하고 있었는데 난데없는 불호령에 잠시 머뭇거리더니 엎드려뻗쳐를 하였고 직원들도 하나 둘 엎드리기 시작했습니다. 조금 시간이 지난 후 주위를 둘러보니 저를 포함해 서너 사람만 서 있고 거의 모든 직원들이 엎드려뻗쳐 자세를 하고 있었습니다.(오늘 말하고 있는 친구도 저와 같이 서 있다가 결국은 엎드려뻗쳐를 했던 것으로 저는 기억하고 있습니다.)

서장이 "엎드려뻗쳐!"라고 다시 소리를 질렀으나 저는 그냥 서 있었습니다. 그가 다가와서 삿대질을 하는 순간 들고 있던 방독면을 바닥에 던져버렸습니다. 그리고 "나는 군에 입대한 것이 아니고 직업인으로서 경찰에 입문했다. 그런데 조직의 구성원을 하찮게 여기며 함부로 하는 조직에는 미련이 없다. 이게 명령 불복종인지 여부는 반드시 따져보겠다."고 했습니다.

순간 당황한 서장의 얼굴을 보았고 바로 달려온 과장의 만류로 그 순간이 마무리되었습니다. 훈련도 어색하게 종료되고 저도 근무지로 복귀했습니다. 당연히 어떤 조처가 있을 것으로 생각해 어느 정도 각오를 하고 있었으나 아무 일 없이 한 달의 시간이 지나갔습니다. 그렇게 사건이 잊혀져갈 무렵, 갑자기 발령이 나서 외곽 파출소로 옮겨가게 되었습니다. 한 파출소에서 1년에서 1년 6개월을 보내는 것이 통상적인데 특별하게 8개월 만에 시골 지역으로 발령이 났으니 이유는 뻔했습니다. 치졸하게 그걸 복수라고 하는 서장이 가소롭게 여겨지기도 했고 절대로 그에게 굴복하고 싶지 않아 더욱 더 열심히 일했습니다.

그 사람이 다른 곳으로 가면서 우리의 인연은 끝이 났습니다. 세월이 흐른 후 소식을 들었는데 그다지 좋은 모습으로 살고 있는 것 같지는 않았습니다. 그렇게 말도 안 되는 세상을 경험하며 버티어 온 세월이 있었습니다. 지금은 '서장님'이라도 그런 무도한 행동을 하면 결코 무사하지 못하겠지만, 그런 시절도 있었습니다.

그 사건 이후로 저는 윗사람들에게 요주의 인물이라는 낙인이 찍혀서 '고난의 세월'을 보냈는데 용케도 잘 넘겨서 32년을 보내고 오늘의 제가 있습니다. 돌아보니 스스로도 참 대견합니다. 새록새록 옛것들이 기억나는 것을 보니 나이가 들어가는 모양입니다.

# • 보안실 '미스터 리' •

아주 오랜된 일입니다. 사람을 만나려고 다방에 들어가 한쪽에서 기다리고 있는데 동료직원이 들어오는 게 보였습니다. 커다란 화초의 뒤쪽에 앉아 있었기 때문에 저는 그 직원을 보았지만 그는 저를 보지 못했습니다. 차를 시켜 마시고 있는데 갑자가 큰소리가 들려왔습니다.

"아, 나 보안실 미스터 린데 말이야!"

다방 안에는 손님도 그리 많지 않아 조용한 편이었는데 그 직원이 카운터에 서서 쩌렁쩌렁한 목소리로 전화를 하니 모두의 시선이 그에게 쏠릴 수밖에 없었습니다.

'가만있자, 보안실 미스터 리?'

한참을 생각해 보니 틀린 말은 아니었습니다. 그는 통신계에 근무하는 순경으로 일반적으로 통신계 사무실은 통제구역이라고 표기되어 있습니다. 당시에는 컴퓨터가 지급되지 않았던 시절이어서 그들의 임무는 주로 유, 무선 장비를 다루는 일이었습니다. 따지고 보면 통제구역에서 근무하는 이 순경이니 '보안실 미스터 리'가 맞기는 했습니다. 그렇다고는 해도 그건 좀 아니다 싶었습니다. 굳이 그렇게 큰소리로 '나 보안 쪽에 일하는 대단한 사람이요!'하며 티를 낼 필요는 없었으니까요. 그 후에도 그는 너덧 번에 걸쳐서 보안사항이 어쩌고저쩌고 하는 통화를 하고는 다방을 나갔습니다.

문제는 그가 나가고 난 다음에 제 귀에 들려온 비난과 불평이었습니다.

"자기가 정보부에 근무하면 근무하는 거지. 왜 쌍화탕 값을 안 내. 번번히……."

낯이 후끈 달아올랐습니다. 일을 마치고 다방을 나오면서 조용히 그 사람의 쌍화탕 값까지 대신 계산을 했습니다. 그리고 통신계장을 찾아가 제가 본 사실을 전해주었습니다. 그 후로 그가 또 그 다방에 가서 똑같은 행동을 했는지는 확인하지 못했습니다. 하지만 '보안'과 '정보'라는 말에도 두려움을 느낀 이상한 세상을 살아왔던 것은 분명합니다. 보안실 미스터 리가 지금 어떻게 지내는지 모릅니다만 잘 지내고 있겠지요?

공무원이 국민들 위에서 군림하는 시절은 '암흑기'입니다.

'공복'이라는 개념조차 정립이 되지 않았던 암울한 시절을 거쳐서 여기까지 왔습니다. 그런데 지금도 국민들의 위에서 국민을 무시하고 자신들이 가장 똑똑한 척하는 부류들은 여전히 사라지지 않고 있습니다. 참 안타깝습니다. 정말로 그들은 소수에 불과하겠지요. 아무려면 당연히 그래야 하고 당연히 그럴 것이라고 생각하지만, 마음 한편에 남는 불안감은 무엇일까요?

형사 초임시절 저는 '한미합동수사본부(CID)'에서 한국 경찰로 미군 수사관들과 함께 근무했습니다. 대략 3년을 미군 부대로 출근했으니 꽤 긴 시간 근무한 셈입니다. 저는 국내 주둔하는 미군과 우리 국민이 연관되어 있는 중요사건을 수사하기 위해서 파견을 나가 있었습니다. 주로 그 당시에 유행했던 '마리화나'와 관련해서 공급과 판매를 추적하거나 미 헌병이 다루는 사건의 범위를 넘어서는 중요사건들을 다루었습니다. 출퇴근을 부대로 하니 사람들이 마치 군수사관인 것으로 착각을 할 정도였습니다.

어느 날이었습니다. 퇴근 무렵에 부대 밖으로 나가려고 순서를 기다리고 있는데, 제 뒤쪽에 서 있던 50대 여성의 허벅지에서 피가 흘러 발목을 적시고 있었습니다. 그 여성은 몸집이 상당한 분이었는데 긴 원피스를 입고 있었습니다. 뭔가 불안해 보이는 몸짓에다 눈동자가 끊임없이 흔들리고 있었는데 가만히 보니 출입증을 들고 있는 손이 떨리고 있었습니다. 얼굴을 확인했더니 미군부대 내에 있는 식당에 근무하는 여성이었습니다. 그때 출입증을 검사하던 미군이 성큼 다가왔습니다. 피를 흘리고 있으니 걱정이 되어 살펴보러 온 것으로 보였습니다. 그때 제가 나섰습니다. 얼른 수사관 신분증을 보이면서 "이 사람은 한국인이니 내가 조치하겠다. 우선 밖에 내 차가 있으니 빨리 병원으로 데리고 가겠다."고 했습니다. 그 여성을 부축해서 부대 정문을 빠져나와서 제 차에 탔습니다.

제가 "몸이 많이 편찮으신 것 같은데 댁이 어디시냐?"라고 묻고 "빨리 가서 쉬시는 것이 좋겠다."라고 하면서 부대에서 멀지 않은 집 근처에 그 여성분을 내려 드렸습니다. 차에서 내릴 때까지 저도 그 여성분도 차 안에서 아무 말도 하지 않았습니다.

저는 그 여성분이 왜 피를 흘리는지 알고 있었습니다. 미군들은 본국에서 공수한 식품을 개봉해서 필요한 만큼 사용하고 남은 것은 바로 폐기처분하는 것을 원칙으로 합니다. 그런데 이 폐기처분하는 고기를 부대 내에 있는 식당에서 근무하던 여성들이 비닐에 싼 다음 허벅지에 테이프로 부착해서 밖으로 가져가는 일이 많았던 것입니다. 그 여성분 역시 허벅지에 숨긴 얼어있던 고기가 체온 때문에 해동이 되면서 그 핏물이 흘러내린 것이었습니다.

돌이켜보면, 그런 시절이 있었습니다. 미군부대 내에 있는 식당에 근무하면서 폐기한 소시지, 스팸, 닭고기 등을 들고 나와서 김치를 넣고 끓인 음식이 이른바 '부대찌개'라는 사실은 다 알고 계실 겁니다. '닉슨 탕', '존슨 탕', '꿀꿀이 탕', '부대고기' 등으로 불리며 지금도 우리들이 즐겨먹는 음식, 부대찌개는 그렇게 시작된 것입니다. 그런 의미에서 부대찌개 탄생의 일등공신은 미군부대에서 근무하던 한국인 종업원입니다. 초기에는 찌개 속에서 '셀렘' 담배꽁초가 나오기도 했다는데 틀린 말은 아닐 겁니다. 이런 세월들을 거쳐서 지금의 우리가 있습니다. 지금 우리가 누리는 풍요의 이면에는 이런 서글픈 사연들도 있다는 것입니다. 우리가 잘 살게 된 것이 불과 몇 년이나 되었을까요. 사치하고 헤프게 낭비하며 살아가는 분들은 이 풍요가 원래 있었던 것으로 생각하는지 모르지만, 저는 그리 좋아 보이지 않습니다.

또 논점을 벗어났네요. 다시 이야기로 돌아가면 그 후로도 부대 내에서 가끔 그 여성분을 보았지만, 둘 다 아무 말도 하지 않았습니다. 같은 한국인이 갖는 '이심전심'은 통하니까요.

• 사람은 시행착오 속에서 단단해진다 •

　의정부의 구 시가지를 지날 때면 늘 신임 순경 시절이 생각납니다. 당시 가장 번화했던 이 지역의 관할 파출소가 제 첫 부임지였습니다.

　하루는 신고를 받고 현장으로 출동을 했더니 덩치가 크고 인상이 험악한 남성이 노점상 하는 여성의 머리채를 잡고 심하게 행패를 부리고 있었습니다. 재빨리 다가가서 그자의 팔을 잡아채고 체포를 하려고 했습니다. 그런데 예상과는 달리 그자는 저를 전혀 두려워하지 않았고 오히려 제게 덤벼들었습니다. 그때는 경찰이 된 지 얼마 되지 않았던 때라 경찰이 나타나 제지를 하면 바로 수긍할 것이란 생각을 가지고 있었는데 착각이었습니다. 그는 오히려 제 멱살을 잡으며 욕설을 하였습니다.

　"이거, 경찰만 아니면 그냥……." 하면서 연신 주먹을 코앞에 올렸다 내렸다 하는 행동을 반복했습니다.

어이가 없기도 하고 화가 나기도 해서 한마디 했습니다.

"내가 경찰이 아니면 네게 맞을 것 같냐?"

"말이라고. 한 주먹감도 안 되지."

여기서 제가 경찰이 해서는 안 되는 짓을 하고 말았습니다. 그 많은 사람들 앞에서 한판 겨루기를 했던 것입니다. 모자와 상의를 벗어 길 한쪽에 가지런히 놓고 정말로 싸움을 했습니다. 그때는 젊을 때였고 운동으로 다져진 몸이라서 의외로 싱겁게 결판이 났습니다. 하지만, 싸움이란 게 전혀 맞지 않을 수는 없는 것이기 때문에 저도 코피가 터졌습니다. 물론 상대는 제 주특기인 돌려차기에 기절해버렸습니다. 기절한 그를 깨워서 파출소로 갔더니 마침 자리에 앉아 있던 파출소장님이 혀를 끌끌 차며 어이가 없다는 표정이었습니다. 그날 파출소장님에게 특별교양을 2시간 정도 받았습니다.

있을 수도 없고 있어서도 안 되는 일이 발생한 것이었습니다. 공권력을 집행하는 경찰이 1:1 대결을 하고 피의자를 때려 눕혀서 연행한다는 게 가당키나 한 일이었겠습니까? 거기에 코피가 난 코를 휴지로 틀어막고 모자와 근무복을 손에 든 신입 순경을 본 파출소장님은 얼마나 기가 막혔겠습니까.

그날 이후로 '쌈닭' 순경이라는 소문이 났고 제가 출동을 하면 저항하는 자가 없었습니다. 그 이유는 제게 맞고 뻗었던 그가 지역에서 유명한 건달이었는데 그가 제게 당했다는 소문이 이미 그들 사이에 파다했기 때문이었습니다. 나중에는 싸움 현장에는 김 순경이 나가야 해결된다고 할 정도로 유명해졌지 뭡니까. 세월이 흘러 형사가 되고 형사계장, 강력팀장, 파출소장을 거쳐 수사과장으로 퇴직을 할 때까지 그 이야기는 늘 따라다녔습니다.

세상에! 현장에 출동한 경찰이 피의자와 1:1 대결을 하다니요. 지금도 그때를 생각하면 얼굴이 화끈해집니다. 다만 덕분에 지역 건달들을 전부 휘어잡을 수 있게 되었는데 철없고 엉뚱한 행동이 긍정적인 방향으로 작용한 운 좋은 사람이었습니다. 지금도 가끔 개과천선한 전직 조직폭력배들을 만나면 그 이야기를 하면서 웃곤 합니다. 당시에 자기들끼리는 '깡패 경찰'이 나타났다고 제 이야기를 했다고 합니다. 사람은 수많은 시행착오 속에서 단단해지는 것은 분명한 것 같습니다. 거기에 약간의 운이 따라주면 더 좋고요.

저는 아직도 그 동네에 살면서 사건사고를 분석하는 일을 하면서 늙어가고 있습니다. 이 또한 운명이 아닐까요? 그래도 분명한 사실은 저는 옳았고 그 자는 옳지 못했으므로 결과가 나쁘지 않았다는 겁니다. 옳은 것은 언제나 옳고 나쁜 것은 항상 나쁜 것이며 옳은 것이 반드시 승리한다는 것을 믿습니다.

　파주의 '용주골'이라는 집창촌에서 발생한 '현대판 인신매매' 사건과 관련해서 제가 진행하는 유튜브 《사건의뢰》에서 방송을 했습니다. 조직폭력배들이 개입된 21세기형 인신매매 사건이었습니다. 노래방 등에서 일하는 지적 능력이 약간 부족한 여성들을 타깃팅 하여 '애인관계'를 만들고, 이를 바탕으로 신뢰를 쌓은 다음 좋은 직장에 취업시켜 주겠다며 유인해서 집창촌에 팔아넘기는 수법입니다. 조직폭력배들과 포주 등 20여 명을 경찰이 적발하여 일부는 재판에 넘기고 아직도 추가 수사를 하고 있다는 내용이었습니다.

　과거 대한민국에서 집창촌이 버젓이 존재하던 시절의 이야기까지 하게 되었는데 어떤 분이 댓글로 비난을 한 바가지 퍼붓고 사라졌습니다. 요지는 '그때 당신은 형사였는데 왜 단속을 안했느냐.'는 것이었습니다. 일견 맞는 말씀입니다. 명백히 불법적인 행위들이 눈앞에서 진행 중인 상태였으므로 지속적으로 단속을 해서 집창촌에 있는 사람들을 단속하고 처벌했어야 되겠지요. 그런데 사회에서도 공공연히 인정(?)되었고 정부에서도 고심하던 부분을 일개 '형사'인 제가 혼자서 단속하는 것이 가능했을까요? 당시는 집창촌 내에서 특별한 문제가 생겼을 때만 불법 성매매 등의 혐의를 적용해 경찰이 개입하던 시절이었습니다. 경찰 직무를 하면서 스스로도 의문을 가졌고 죄절감을 느낀 적도 있었지만, 특별히 제가 어떻게 할 수 있는 일은 아니었습니다. 단지 포주들과 개인적으로 관계를 맺지 않고, 특히 그곳에서 일하는 여성들의 '기둥서방'들은 어떤 형태로든 트집만 잡히면 잡아다가 가혹하게 처벌을 한다는 것이 제 개인적인 '원칙'이었습니다. 그로 인해 이런저런 어려움을 겪었지만, 자세히 말씀드리지는 않겠습니다.

댓글을 보고 순간적으로 화가 났습니다. 하지만, 결국은 그분의 말씀이 사실이니 어쩌겠습니까. 집창촌이라는 존재 자체가 명백히 불법이고, 또 '관행'이라는 것도 단지 관행일 뿐입니다. 불법과 관행, 두 가지를 비교하면 법이 우선되어야 하는 것이 당연하니까요.

아직도 일부 집창촌에는 성매매업소가 여전히 있다고 합니다.

요즘 같은 세상에 드러내놓고 성매매업소를 운영한다는 사실이 놀랍습니다. 속히 단속이 이루어져서 "사람이 해서는 안 되는 성매매"는 사라졌으면 좋겠습니다. 저를 포함한 공직자와 위정자, 그리고 정부까지도 모두 직무를 방기한 '가해자' 군에 포함되어 있다고 생각합니다. 어떻게 반성해야 될까요?

## • 지나고 보면 웃으면서 말할 수 있는 사연 •

아내와 식사를 하면서 지나간 여러 이야기를 하였습니다. 그때의 어느 순간으로 거슬러 올라가면 주마등처럼 무수한 기억들이 스쳐 지나갑니다. 특히 아팠던 기억들은 숨 쉴 사이도 없이 마구 밀려옵니다.

형사 초보시절, 매일같이 시내 번화가에서 외근 활동을 할 때의 일입니다. 그날도 이미 파한 시장을 헤매던 오리새끼처럼 온 동네를 휘적거리다가 지쳐서 늦은 밤 귀가했습니다. 그런데 아내가 무척 우울해 보였습니다. 이유를 물었으나 좀처럼 이야기를 하지 않다가 나중에 충격적인 말을 하였습니다.

초저녁 시내에 볼일이 있어 나갔다가 그 시간 즈음에는 당연히 시내 한 복판에 있는 컨테이너 초소에 제가 있을 것으로 생각하고 들렀다는 것입니다. 그런데 그곳에 저는 없고 제 상사로 보이는 사람만 있어 돌아서려고 하는데 그때까지 사람이 들어오건 말건 관심도 없던 그 사람이 갑자기 "어이, 거기 서 봐. 뭐야?" 라고 하더란 겁니다.

그래서 돌아서던 발을 멈추고 "저 김복준 형사 집사람인데요. 잠시 만나러 왔어요."라고 했더니 아무 말도 하지 않고 다시 딴 짓을 하더란 것입니다.

그날 밤 저는 한숨도 자지 못했습니다. 어서 날이 밝고 사무실로 달려갈 생각만 했습니다. 이윽고 날이 새고 식사도 거른 채 형사계 사무실로 달려갔습니다. 늘 그렇듯 거만한 자세로 그 사람이 앉아서 신문을 보고 있었습니다.

"저, 부장님!"하고 부르자 잠시 저를 쳐다보았습니다.

'뭐야?'라는 표정과 태도였습니다.

"어제 6거리 초소에서 제 집사람 보셨지요?"

"……."

"근데 어이, 뭐 어쩌구 하면서 반말을 하고 사람을 본 척도 하지 않고 무시하셨다면서요?"

"……."

"당장 사과하십시오. 제가 전화를 돌려드리겠습니다."

그 사람은 내가 말하는 동안에는 순간적으로 '공격'을 당한 것 마냥 눈만 껌벅이다가 뒤늦게 사태를 파악했는지 특유의 고압적인 자세로 되돌아와 있었습니다.

"야, 임마. 모르는 사람이 들어오기에 왜 그러느냐고 물은 건데 그게 무슨 문제가 있어?"

"반말과 무시가 문제라는 겁니다. 더구나 같이 일하는 동료의 아내라고 말을 했는데 아주 무시하며 본 척도 하지 않았다면서요?"

예상대로 드디어 그는 분노하기 시작했습니다.

"이 새끼가 건방지게 아침부터 어디다 대고 눈을 부릅뜨고 소리를 질러!"

그 후 저는 거의 미친 듯이 무슨 말을 쏟아냈는데 정확하게 기억이 나지는 않습니다. 다만 어느 순간부터 형사계 사무실 전체가 적막에 둘러싸였습니다. 그리고 "그래, 미안하다."는 말만 분명히 들었습니다.

내가 말단 형사라고 해도 내 아내가 말단인 것은 아니고 당연히 그의 부하인 것도 아닙니다. 저는 그 사람의 행태를 절대로 용서할 수 없었습니다. 그 후로 제 형사생활이 평탄할 리가 있었겠습니까. 하지만, 그런 어려움과 불편함이 저를 더욱 단단하게 만들어주었고 그래서 제가 오늘 이 자리에 서 있다고 생각합니다.

제가 진급을 하고 그 사람보다 훨씬 높은 자리에 앉았어도 제 아내는 사무실에 이유 없이 들르지 않았고 주변에 있는 사람들과의 관계도 변하지 않았습니다. 부하직원의 아내라면 '제수씨'입니다. 지금도 그렇지만 당시에도 일부의 개념이 없는 사람들은 항상 있었습니다. 그 쥐꼬리만큼의 권한을 믿고 교만함의 늪에서 안주하던 그들은 지금 무엇을 할까요? 그런 사람들을 반면교사로 삼아서 저는 그렇게 하지 않으려고 노력했으니 그들 역시 다른 형태의 제 '스승'이랄 수 있을까요?

그때 아내는 무슨 일이 벌어질까봐 노심초사 했다고 합니다. 제가 '죄인'이었습니다. 그래서 지금도 아내에게는 그 모든 것이 늘 미안합니다. 지금은 웃으면서 가볍게 말할 수 있는 사연이 그때는 거의 목숨을 건 일이었다니. 지나고 보면 좋고 나쁘고 밉고 뭐 이런 것들이 부질없는데 말입니다.

# •쌀 두 됫박•

아내와 결혼한 지도 40년이 넘었습니다. 참 길고 먼 여정을 앞만 보고 달려온 세월이었습니다. 모진 고생, 위험 감수하고 곁을 지켜주는 아내를 앞으로는 "안지기"라고 부르려 합니다. 저의 기초가 되는 안을 굳건하게 지켜주어서 밖에서 객기를 부려가며 사람 구실도 한 겁니다.

문득 '쌀 두 됫박'이 생각납니다. 아무 생각 없이 살던 경찰관 초임 시절, 야간근무를 마치고 와 그냥 쓰러져 잠이 들었다가 아침에 눈을 떴는데 아침부터 식탁에 라면이 올라와 있었습니다. 짜증이 확 밀려오며 "아침부터 무슨 라면이냐?"며 뛰쳐나왔는데 얼마 지나지 않아서 집에 쌀이 떨어진 사실을 알게 되었습니다. 그때 어찌나 미안했던지요.

그 길로 동기를 찾아가 자존심이 상하지만 사정을 이야기하니 동기가 급한 대로 '쌀 두 되박'을 사서 누런 봉투에 담아주었습니다. 아내가 보이지 않을 때 슬그머니 쌀을 놓고 허겁지겁 달려나와서 근무지로 갔습니다.

나중에 아내가 말했습니다. "집이 어찌 돌아가는지, 집에 있는 사람은 어떻게 살고 있는지 좀 알아야 된다고 생각했고, 또 자존심이 상해서 아무에게도 돈을 빌리지 않았다."고 합니다. 그때 참으로 많은 생각을 했지만, 좀처럼 제 버릇은 고쳐지지 않았고 아내는 평생 힘든 삶을 살았습니다. 툭하면 다쳐서 병원에 입원해 있고, 윗사람들과 부딪쳐서 사표를 내었던 것이 한두 번이 아니었으며, 심지어 월급을 다른 곳에 써 버리기도 했습니다. 돌이켜보면 어찌 그 지난한 세월을 지켜주었는지 경이롭습니다. 그래도 굳이 한마디 변명을 하자면 세상살이하면서 적어도 비굴하게 살지는 않으려고 무던히 노력했는데 그것도 쉽지는 않았다는 것입니다.

그래도 지금은 뒤늦게라도 조금이나마 사람 구실, 남편 역할을 하고 있으니 다행입니다. 후배들과의 술자리도 적당한 선에서 줄였고 무엇보다 사건을 쫓아서 밤새 다닐 일은 이제 없으니까요. 연구하고 강의하고 방송하고 착실하게 귀가하는 남편이 되긴 했습니다.

제가 외식을 하자고 하면 아내는 너무 잦다고 하지만, 저는 되도록 식사 준비를 줄여주고 '맛난 것'을 사주고 싶습니다. 이게 아내 위하는 방법의 최선이라고 생각하는데 제 수준이 거기까지입니다. 예순이 훌쩍 넘은 나이의 남자가 갖는 한계는 분명히 있는 것입니다. 돌아오는 결혼기념일에는 풍광 좋고 특별한 장소에서 맛있는 음식 먹으면서 지그시 아내를 지켜보려고 합니다.

2부

이제 좀
바뀌어야 하지 않을까요?

## • 문제는 자부심 아닐까요 •

경찰이 변사 현장에 나가면 1만5천 원의 수당을 주는 방안을 인사혁신처에서 검토한다고 합니다. 사건 현장에서 잔혹한 장면을 목격하고 겪는 트라우마 때문에 경찰관들이 수사 부서를 기피하는 현상이 있는데 이에 대한 하나의 대안으로 나온 것이라고 합니다. 효과는 '글쎄요!'입니다.

저는 결국 자부심의 문제라고 생각합니다. 형사들이 흔히 하는 말로 '가오'라는 게 있습니다. 이제는 "우리가 돈이 없지 가오가 없냐!"는 유명한 영화의 대사로 많은 사람들이 아는 말이 됐지요. 뭐 권장할 용어는 아닙니다만, 가오는 형사들 사이에서는 나름 '자부심'으로 해석이 됩니다. 자부심은 성실함을 담보로 하고 강직함을 모토로 삼습니다. 가오를 아는 형사들이 아무래도 추접한 짓을 않거든요. 나아가서는 자존심이 충만하면 현실적으로 손해가 발생하더라도 품위를 지키려고 노력하게 됩니다. 사람들이 느끼는 가장 본질적인 만족은 돈이나 물질이 아닐 겁니다. 인간의 행복은 프라이드, 즉 자부심에서 오는 것이니까요. 인간은 자신의 가치를 발견하고 실현할 때 행복을 느낍니다. 어떤 사람도 자부심을 느끼지 않는 일에는 목숨을 걸지 않습니다. 자부심으로 가득한 사람은 임무에 대해 아무런 잡념이나 사심이 있을 수 없고, 그렇기 때문에 일의 수행에 대한 완성도가 높습니다.

당연한 말입니다만 경찰관도 인간입니다. 그러니 수당 1만5천 원보다는 그들이 자부심을 느끼고 사명감을 가질 수 있게 근무 여건을 개선하는 게 우선이 아닐까 싶습니다. 잔혹한 현장에 다녀온 직원들은 그때그때 의무적으로 심리 상담을 받도록 하고, 또 심리 상담과 정신과적 치료를 받은 적이 있다는 이유로 인사상의 불이익이 없도록 제도를 개선하는 것이 훨씬 효과적이지 않을까요? 무엇보다 격무에 시달리는 일이 없도록 2만 명 내외의 수사 인력을 획기적으로 늘리는 작업도 필수적으로 뒤따라야 할 것입니다.

사건현장에서 목격한 피해자의 모습을 통해 형사들은 왜 이 사건의 범인을 반드시 잡아야 하는지를 느끼게 됩니다. 사건 현장을 목격하고 조사하는 과정이 반드시 필요하다면, 이를 통해

얻을 수 있는 이득은 극대화하면서 다른 한편으로 경찰관 개인
이 겪게 되는 부작용은 최소화시켜 주는 것이 중요할 것입니다.

　누구라도 최선을 다해서 소신껏 일하는 모습은 아름답습니
다. 그러나 그것은 자신이 하고 있는 일을 사랑해서 그 일을 열
심히 하는 사람들의 자발적인 참여에서 나오는 것입니다. 형식적
으로 지급되는 수당이 아니라는 것입니다.

## • 타인의 세월을 함부로 말하지 않는 세상 •

　미국에서 한창 벌어지고 있는 플로이드 사건관련 시위를 보면서 문득 1980년대가 떠올랐습니다. 시위진압이라는 직무로 거의 매일 동원되었던 시절이었습니다. 당연히 기본근무는 거의 포기하고 오로지 시위진압에만 집중하였습니다. 불만도 많았지만, 그때는 그것을 꼭 해야 할 일로 인식했습니다. '불법시위'라는 시위의 방식에만 매몰되어서 왜 그 시위가 이어지는지를 알면서도 일부러 모른 척 했습니다. 그래야만 그 시절 대한민국에서 경찰을 하고 있는 자신을 용인할 수 있었으니까요. 한편으로는 군이 개입하는 것을 막기 위해서라도 경찰이 무너져서는 안 된다는 생각도 가지고 있었습니다. 어떤 경우라도 사회문제에 군이 개입하는 참담한 일은 없어야 된다고 굳게 믿었습니다.

　이글거리는 6월의 아스팔트 위에서 고무 재질의 방독면을 뒤

집어쓰고 갑옷 같은 진압복 속에서 헐떡거리던 그 시절의 저 자신을 돌아봅니다. 지나간 일은 지나간 대로 끌어올릴 필요 없는 기억이라고 다짐하지만, 사람인지라 가끔은 자리를 박차고 일어날 때도 있습니다. 똑같이 6월의 아스팔트에서 세월을 보내면서도 서 있던 자리가 너무나 다르다는 사실에 절망하지 않은 경찰은 없을 겁니다. 저처럼 현직에서 물러난 시점에 더욱더 많이 느낄 겁니다. 오히려 현직 때는 동네북이 되고 '견찰'이라는 말을 들어도 무감했습니다. 자연인으로 돌아와서 이젠 저와 직접적으로 상관도 없는 비난 언어들이 한없이 아프게 느껴지는 것은 어떤 피해의식일까요? 저는 아직도 모르겠고 여전히 궁금합니다. 의미 없는 세월이었다고 단정하고 새 삶을 살아야 할까요?

경찰 조직은 부침을 거듭하면서 여기까지 왔습니다. 보이지 않고 가려져 있었지만, 그래도 힘든 시기마다 누군가들은 국민의 경찰이 되려고 몸부림치기도 했습니다. 눈을 돌려보니 그런 세월이 있었습니다. 이제는 오로지 국민만을 보면서 국민의 뜻에 따르면 된다는 사실을 모르는 경찰은 없습니다. 이것저것 걱정하고 망설일 이유도 없고 혼자서 정체성을 생각하고 자기 합리화를 해야 하는 뼈아픈 세월을 보내지 않아도 됩니다.

다시 6월을 보내면서 아쉬움이 있다면 비감한 세월에 대한 회한이겠지요. 다시는 그런 세월이 없기를 바랍니다. 우리는 모두 그렇게 피해자였던 겁니다. 모든 사람을 똑같이 존중하고 남의 세월을 함부로 말하지 않는 세상을 기대합니다.

# • '전자발찌 훼손 도주' 사건에 대한 유감 •

전자발찌를 자르고 여성을 두 명이나 살해한 강윤성이라는 '악마'가 우리 사회에 충격을 주었습니다. 조기에 검거할 수 있었음에도 법무부와 경찰의 공조가 제대로 안 되어서 억울한 희생자가 발생한 것은 명백합니다. 매년 10여 건 이상 전자발찌 훼손 도주 사건이 발생하는데 왜 이렇게 공조가 안 될까요? 원인으로는 '형식적인' 공조가 가장 중요한 문제라고 생각됩니다. 법무부에서는 개인정보 등의 사유로 적극적으로 경찰에 정보를 제공하지 않고, 경찰은 법무부가 적극적으로 나서지 않는데 굳이 먼저 나설 필요가 없다고 보는 것입니다.

실제로 수형생활을 종료한 사람에 대한 경찰력의 행사는 무리가 있습니다. 법원의 명령으로 전자발찌를 일정기간 착용하는데 이를 관리하는 업무는 법무부 소관입니다. 형이 확정되는 순간부터 경찰의 직무가 아니기 때문입니다. 그러나 보호관찰관의 인원이 부족하고 범죄자를 추적하는 시스템은 경찰 조직이 최적화되어 있으므로 공조가 반드시 필요합니다. 그 공조를 유지하기 위해서는 협조를 요청하는 법무부에서 신경을 써야 하는 부분이 있습니다. 전자발찌 착용자의 정보는 '킥스'라는 형사사법통합전산망을 통해서 공유하고 있지만, 훼손 사실을 인지하면 법무부에서는 전자발찌 착용자에 대한 모든 정보를 경찰에 제공해 협조를 구하는 것이 맞습니다. 또한 즉시 체포영장을 신청하여 경찰에 제공해야 할 것입니다. 협조를 요청하는 쪽이 느슨하면 협조를 요청받은 쪽에서도 크게 신경 쓰지 않는 것은 공무원 세계의 공통적인 현상입니다. 물론 그 태도가 옳다는 것은 아닙니다. 경찰 공무원의 기본적인 의무는 범죄의 예방과 범인의 검거이기 때문입니다. 그러나 정보를 제공하고 적극적으로 협조를 요청하는 것은 주무 부처인 법무부가 1차적으로 나서야 하지 않을까요? 경찰이 위치 추적 등을 통해 검거에 나서는 동안 체포영장 신청 등 사법행정적인 절차를 신속히 진행한다면 법적인 절차 때문에 검거활동에 지장을 초래하는 일도 없을 것입니다.

이번 사건의 경우에도 체포영장 신청이 너무 늦어져서 협조 요청을 받은 경찰이 강윤성의 주거지에 갔지만, 문을 강제 개방하는 등의 조치를 취할 수 없었던 것입니다. 이 부분과 관련해서는

"법은 그렇지만 적극적인 경찰력 행사는 유감이다."라고 말한 경찰 지도부의 발언은 정말 유감입니다.

법적으로 불가능한 일이었다면 그 사실을 밝히고 문제점을 지적하여 개선의 기회로 삼는 것이 마땅합니다. 이에 대해 부하직원들의 적극적인 경찰력 행사가 아쉽다는 발언은 너무나 무책임해 보입니다. 만일 법적으로 불가능한 일을 실행해서 문제가 생겼다면 과잉 대처에 대해 책임을 져야 했을 테니까요. 경찰에게 전달되는 체포영장은 전쟁에서 사용하는 총기 같은 것이며 지휘관의 명령서 같은 것입니다. 최소한 그 정도는 갖춘 다음에 '전쟁터'로 보내야 하는 것 아닐까요?

다시 정리하면, 법무부와 경찰은 전자발찌 착용자에 관하여 명단과 개인정보를 공유하고 경찰의 우범자관리규칙을 입법으로 보완하여 적어도 법원이 인정한 재범 우려 가능성이 있는 자에 대해서는 상시적이고 공식적인 관찰이 가능해야 합니다. 현재 경찰의 우범자관리는 간접적인 방법으로 은밀히 관찰하도록 되어 있어 효율적이지 않습니다. 불법적인 요소도 존재하고요. 또한 지금처럼 전자발찌 착용자를 킥스에서 확인하기 위해서 결제과정 등의 절차를 거쳐야 한다면 문제는 해결되지 않을 것입니다.

마지막으로 강윤성은 반드시 여죄가 있을 것으로 보입니다. 살인은 아니어도 강도와 절도 등의 범죄는 저지르지 않았을까 싶습니다. 그 부분도 신경 써야 할 것입니다. 무엇보다 강윤성에 대해 상징적으로라도 사형이 선고되기를 바랍니다!

유튜브 《사건의뢰》에서 버스와 전철 등 대중교통수단을 이용할 때 치한을 막는 방법과 이른바 '몰카'를 예방하는 방법으로 "전철이나 버스에 서 있는 상황에서 정면을 보지 말고 비스듬하게 자세를 잡아라!", "에스컬레이터를 탈 때는 반드시 가방이나 책으로 뒤쪽을 가려라!" 등을 말했더니 어떤 구독자분이 댓글로 답을 해 오셨습니다. 자신은 늘 그렇게 해왔는데 언젠가 한 번은 뒤따르던 남자가 쫓아 와서 '내가 몰카범이냐? 왜 내 앞에서 뒤를 가리느냐? 그렇게 불안하면 왜 치마를 입고 다니느냐?'고 소리치면서 따졌다는 것입니다. 그리고 그 구독자분은 욕설까지 들었다고 합니다.

정말로 딱한 사람입니다. 피해의식에 절어 있는 사람이고 열등의식이 스스로를 지배하는 사람이 아닌가하는 생각이 들었습니다. 그게 그 여성분에게 따지고 화를 낼 일인가요? 정말 어이가 없습니다. 여러분들께서도 이해가 안 되시죠? 그런데 말입니다. 요즘 의외로 이렇게 과민하게 살아가는 사람들이 점점 늘어가고 있다고 합니다. 여러 원인들이 가해자와 피해자를 만들고, 그 과정에서 수많은 오해, 편견과 선입견이 작용하도록 사회가 이상한 방향으로 굴러가고 있기도 합니다.

사회는 약속 하나로 서로 믿고 굴러가는 시스템으로 구축되어 있습니다. 그런데 그 약속이 너무 빈번하게 깨지다보니 상호 믿음이 없어지면서 누구도 믿지 않는 현상이 나타나게 된 것입니다. 속히 사회구성원 간에 신뢰 조성이 필요합니다. 특히 '편 가르기'와 같은 풍조가 사라져야 잡을 수 있습니다. 범죄도 그 시대를 증언하는 하나의 현상에 다름 아니니까요. 편 가르기 문제만 해결해도 현재 우리가 겪고 있는 갈등의 대부분은 사라지고 예전처럼 서로 믿고 존중하는 사회가 될 것입니다.

얼마 전, 우리나라에서 살고 있는 외국인들이 진행하는 유튜브 방송에 출연했습니다. 주제는 '마약'이었습니다. 멕시코, 프랑스, 캐나다, 러시아분들이 출연하여 자신의 나라의 마약 실태를 이야기하는 방식으로 진행되었는데 모두 심각한 상황이었습니다.

특히 캐나다의 경우가 저는 흥미로웠습니다. 캐나다는 2018년부터 마리화나가 합법화된 국가입니다. 마리화나의 합법화를 추진하면서 사용인구가 급증할 것이라고 예측과 우려가 있었지만, 실제 증가인구는 이전에 비해 0.6% 증가에 불과했다고 합니다. 결국 마리화나 합법화로 인해 사용인구가 급증할 것이라는 우려는 기우에 불과했다는 것입니다. 자료에 따른 분석이고 사실이니 그 부분은 인정할 수밖에 없습니다.

하지만 저의 해석은 좀 다릅니다. 캐나다의 사례를 들어 마리화나 합법화가 사용인구의 급격한 증가를 가져오지 않을 것이라는 논리는 우리나라에서 마리화나 합법화를 주장하는 사람들이 흔히 근거로 드는 사례입니다. 하지만 이 논리는 중요한 사실 하나를 간과하고 있습니다. 캐나다는 마리화나 합법화 이전에 이미 많은 사람들이 마리화나를 이용하고 있었습니다. 이미 이용하는 사람들이 많았기 때문에 합법화 이후에 더 늘어날 이유가 없었던 것입니다. 무엇보다 다수의 사람들이 마리화나의 부작용을 알고 있었기 때문에 합법화 이후에도 사용인구가 증가하지 않았던 것은 아닐까요?

그리고 제가 의외라고 생각했던 국가는 멕시코였습니다. 워낙 마약과 관련된 문제가 많은 나라이기 때문에 마약 문제가 아주 심각할 것이라고 생각했는데 실제로 마약중독자의 숫자로만 따지면 세계 119위 정도라는 것이었습니다. 아마도 마약이 흔하지만, 또 그래서 마약의 심각성도 그만큼 잘 알고 있기 때문이라는데 굉장히 아이러니했습니다.

러시아는 시골 지역을 중심으로 미래에 대한 희망이 없는 사람들이 값싼 합성 마약을 사용하고 있다고 합니다. 주사기 1개를 여러 명이 사용하는데, 이로 인해 에이즈가 만연하고 있다는 말에는 아연실색할 수밖에 없었습니다.

프랑스의 경우에는 마약중독자에 대한 처벌과 별개로 치료 과정을 마련함으로써 마약중독자들이 서서히 마약에서 벗어날 수 있도록 하는 정책을 채택하고 있다는데 저는 굉장히 신선했습니다.

이제 우리나라도 더 이상 마약 청정국가가 아닙니다. 연간 1만 명에서 1만2천 명 가량의 단속이 이루어진다고 하는데 실제로 사용자는 훨씬 더 많을 겁니다. 특히 20대와 30대 마약사범이 증가하는 것은 마약을 구입하는 방법과 경로가 인터넷과 비트코인을 사용하는 거래로 바뀐 것 때문일 겁니다. 적절한 대책과 함께 인식의 전환이 필요한 시점입니다.

만일 지구가 멸망한다면 기후변화로 인한 자연재해와 전염병 외에 마약중독도 들어가지 않을까요?

## • 100리터 쓰레기봉투를 없앤 이유 •

　월요일은 우리 아파트의 분리수거를 하는 날입니다. 며칠 전부터 아내가 '집콕'하고 있으면서 버릴 것들을 정리했는데 그중에 이불이 굉장히 많았습니다. 제가 수년 전 충주로 내려가서 경찰학교 교수로 일할 때 들고 갔다가 다시 가져와 한쪽에 쌓아 둔 이불이 대부분이었습니다. 그걸 모두 처리하기 위해서 편의점에 들러서 100리터 쓰레기봉투를 찾았더니 없다고 합니다. 최근에는 가장 큰 쓰레기봉투가 75리터라고 합니다.

　왜 작은 봉투로 바뀌었나를 물으면서 '삐딱한' 시선으로 편의점 사장님을 쳐다보았습니다. 조금이라도 주민들 세금을 올려 받자는 치졸한 의도가 있다고 판단했거든요. 그런데 편의점 사장님의 말씀에 따르면 100리터 쓰레기봉투를 없앤 이유는 사람들이 그 봉투에 엄청나게 많은 쓰레기를 채우고 그 위에 덧대어서 쓰레기를 쌓고는 테이핑을 하는 바람에 환경미화원분들이 혼자서는 들지는 못하는 일이 비일비재했고, 그로 인해 그분들이 허리를 다치는 일이 여러 차례 발생했기 때문이라는 것이었습니다.

순간, 저 자신이 많이 부끄러웠습니다. 저는 쓰레기봉투의 정량을 과다하게 초과할 정도 쓰레기를 채우거나 테이프를 이용하여 덧대는 일을 한 적은 없습니다. 하지만, 단 한 번도 그것을 치우는 분들의 애로를 짐작해 본 적이 없었거든요. 75리터 봉투를 여러 장 구매하고 여유 있게 담아서 편하게 배출을 하고 왔습니다.

100리터 쓰레기봉투가 150리터나 200리터가 되어서야 되겠습니까? 이런 것이 과연 검소하고 절약하는 미덕일까요? 오히려 타인을 배려하지 않는 것은 아닐까요? 조금 억지스럽게 말하자면 100리터 쓰레기봉투에 덧붙여서 150~200리터를 만드는 것도 하나의 '불법'이나 '편법'은 아닐까요?

꼭꼭 눌러서 채운다면 그것까지는 이미 예견된 정량에서 벗어나지 않을 것입니다. 어떻게 봉투 위에 봉투만한 산을 만들고 테이핑을 할 생각을 했는지 모르겠습니다. 더불어 사는 세상에서 타인의 고통을 나 몰라라 하면 결국 그 행위가 스스로에게도 닥친다는 평범한 사실을 모르는 분들이 안타깝습니다.

아직도 정리할 게 많다는 아내의 말을 듣고 넉넉하게 쓰레기 봉투를 사다 두려고 합니다. 채우되 결코 넘치지 않도록, 오히려 약간의 공백이 존재하도록 준비하겠습니다.

환경미화원분들 모두 힘내십시오!!

　서둘러서 쓰레기 분리수거를 하고 《사건의뢰》 녹화를 위해 길을 나서는 길입니다. 어제는 밤늦게까지 영화를 봤습니다. 영화도 그렇지만, 드라마는 단편을 봐야한다는 사실을 알면서도 가끔은 연작 드라마를 선택하고 끝까지 보느라고 하루 일과에 차질을 빚기도 합니다. 원래 성격이 궁금한 건 못 참는 스타일이기 때문에 한번 시작하면 끝까지 보는 것을 선호합니다. 밤을 새워서라도 다 봐야 속이 시원하거든요. 나름 절제하며 영화를 선택하려고 노력합니다만 항상 뜻대로 되지는 않더라고요.

　어제 본 영화는 예전에 봤던 것이었습니다. 우연찮게 영화 채널에서 방영해서 다시 볼 수 있었는데 《멤피스 벨(Memphis Belle)》이라는 영화입니다. 《멤피스 벨》은 제2차 세계대전의 실화를 바탕으로 만들어진 영화이고 제목에 등장하는 '멤피스 벨'은 영화의 주인공들이 타고 활약하는 B-17 폭격기의 애칭이라고 합니다. 멤피스 벨의 대원 10명은 제2차 세계대전 중에 독일 본토의 브레멘 군수공장 폭격 작전에 나서게 됩니다. 이들 대원들은 이미 24번의 작전을 성공적으로 완수했고 이 마지막 작전만 무사히 마치면 영웅이 되어 미국으로 귀환할 예정이었습니다. 그들은 귀향 이후의 삶을 꿈꾸지만, 브레멘 군수공장 폭격작전은 쉽지 않았습니다. 독일 본토로 들어설 때부터 독일 전투기들과 아슬아슬한 공중전을 벌여야 했고 대공포화도 견뎌야 했기 때문입니다. 많은 어려움에도 불구하고 그들은 독일 본토인 브레멘 상공에 도착했지만, 짙은 구름으로 인해 폭격 목표인 군수공장을 확인할 수 없었습니다. 이에 편대장인 데니스는 자신의 부하들에게 상공을 선회하며 구름이 걷히기를 기다리라고 명령합니다. 이에 멤피스 벨의 승무원들이 목표지점 근처까지 왔으니 적당히 폭격을 마치고 이곳을 빨리 벗어나야 한다고 말합니다. 이에 데니스는 "모두 돌아가고 싶은 마음은 안다. 하지만 우리가 실패하면 또 다른 누군가가 와서 희생을 치러야 한다. 이것은 우리가 해야 할 일이다. 이번에 제대로 하면 평생 오늘을 자랑스러워하며 살게 될 것이다. 용기를 내라. 정신 차리고 폭탄 투하할 준비를 하자."

저는 예전에 이 영화를 보면서 경찰의 임무를 생각했습니다.

'영화에 나오는 멤피스 벨의 대원들처럼 우리의 경찰의 임무는 희생을 각오하더라도 반드시 해야 하는 일이다. 헌신과 희생으로 완수할 수 있는 일, 이것이 우리가 맡은 임무의 본질이자 우리가 존재하는 이유이다.'라는 생각을 했던 것 같습니다.

그런데 제가 경찰직을 그만 둔 후에 이 영화를 보고 의문이 생겼습니다. '멤피스 벨의 대원들과 같은 군인, 또는 경찰이나 소방관은 위험한 상황에 목숨을 거는 것이 당연한가?'라는 것입니다. 그들도 대한민국의 '국민'이고 누군가의 '자식'이며, 또는 누군가의 '남편'이며 '아버지'이기 때문입니다. 반드시 전쟁터의 군인이 아니어도 목숨을 걸고 일하는 작업현장의 인부들과 경찰, 소방관들의 처지를 한 번쯤은 생각해보았다면 이 세상에 '당연한 일'은 없다는 사실을 좀 더 빨리 깨달았을 텐데 말입니다. 이를 '당신들이 선택한 것'이라고 생각하는 것은 너무 염치가 없는 행위입니다. 내가 하고 싶지 않은 어떤 일을 누군가가 해주어 살아가는 '신세지고 사는 인생'들임을 잊지 않았으면 좋겠습니다.

출근길에 보이는 순찰차와 전봇대에 올라가는 유선사 직원의 모습이 오늘따라 더욱 숭고해 보입니다. 누군가에게 무한히 감사하는 하루가 되시기를 바랍니다!

가족과 함께 갈빗집에 갔다가 목격한 일이 머리에 남아 영 편치가 않습니다.

우리가 앉은 테이블 건너편에 어떤 군인이 홀로 들어와서 앉았습니다. 가족이 곧 도착해서 같이 식사할 것으로 생각했는데 한참이 지나도록 아무도 오지 않았습니다. 종업원분이 메뉴판을 가져다 준 후에 몇 마디 말을 주고받는 모습을 보았습니다. 이때까지도 저는 먼저 온 군인이 아직 도착하지 않은 가족들을 대신해서 주문하는 것이라고 생각했습니다.

그런데 잠시 후 주문을 받아간 것으로 생각했던 종업원이 다시 그 테이블로 가더니 뭐라고 말을 했고, 잠시 후 그 군인은 어색한 표정을 짓더니 배낭을 다시 메고 식당 밖으로 나가는 것이었습니다. 저는 무슨 일인가 싶어서 종업원에게 물었습니다. 종업원도 불편하고 안타까운 표정이었습니다. 이유는 그 군인이 돼지갈비 1인분을 시켰는데 그 주문을 받아도 되는지 사장에게 물었고 사장이 1인분은 안 된다고 해서 군인이 나가게 된 것이라고 했습니다.

순간적으로 화가 치솟았습니다. 다른 사람도 아니고 아직 '어린' 군인인데 휴가를 나와서 얼마나 돼지갈비가 먹고 싶었으면 혼자서 돼지갈비를 파는 식당에 들어왔을까 하는 생각이 들었기 때문입니다. 물론 1인분을 시키면 부수적으로 제공되는 다른 부재료의 값도 안 된다는 업주의 입장도 이해 못하는 것은 아니지만, 그래도 국방의 의무를 다하기 위해 군에 가 있는 우리의 '자식'인데 좀 손해를 보더라도 돼지갈비를 먹을 수 있게 배려했으면 어땠을까 싶은 생각에 기분이 상했습니다.

아무튼 제가 재빨리 밖으로 뛰어나갔습니다. 같이 있던 아내와 딸도 그 군인을 불러서 같이 먹자고 해서 우리 테이블로 데려올 요량이었습니다. 그런데 아무리 찾아도 그 군인이 보이지 않는 것이었습니다. 전철역 앞까지 살펴보고 돌아오는 길에 주변의 커피숍도 들여다보았으나 그는 없었습니다. 마음이 많이 무거웠습니다. 저도 군 생활 해봤기 때문에 혼자서라도 돼지갈비를 먹고 싶었던 그 군인의 처지를 충분히 이해할 수 있었습니다. 야박한 인심에 화가 났기 때문에 식당을 나오면서 한마디 하고 싶었으나 그것 역시 너무 주제 넘는 것 같아서 참았습니다. 물론 장사하는 사람의 입장이 아니어서 편한 소리를 하는 것일 수도 있다는 것을 압니다. 하지만 상대가 군인이고, 그것도 어린 사병이었다는 것을 헤아렸으면 어땠을까 싶었습니다.

그렇게 식사를 마치고 집으로 돌아오는 길에 오래된 기억 하나가 떠올랐습니다. 군대에서 복무할 때, 저에게는 잊지 못할 추억을 간직하게 해 주셨던 분의 기억이었습니다.

군대 시절 가족 중에서 유일하게 몇 번이나 면회를 와 준 분은 어머니셨습니다. 겨울이라서 날도 차고 눈보라까지 날리고 있던 날이었습니다. 어머니의 면회로 외박을 나와서 길을 걷는데 바람이 몹시도 거셌던 것 같습니다. 제 목 부위나 될까 말까한 키에 많이 여윈 어머니가 걱정되어 거의 품안에 안다시피 감싸고 근처에 있는 식당에 들어갔습니다. 식당 주인분은 남성이었는데 60세는 족히 넘어 보이셨습니다. 문을 열고 들어서자 마치 기다리고 있었던 것처럼 저희 모자를 연탄난로 옆으로 안내해 주셨습니다. 우리가 안내 받은 자리에는 이미 따끈한 보리차가 놓여 있었습니다. 그때까지 저는 왜 그 자리가 미리 세팅이 되어 있었는지 전혀 눈치 채지 못했습니다.

식사를 주문하고 앉아 있는 동안에 어머니는 군생활로 거칠어진 제 손을 연신 쓸어대며 안타까워하셨습니다. 그렇게 식사를 마치고 몸이 따뜻해진 우리가 식당을 나서며 계산을 하려고 했더니 식당 주인께서 계산할 필요가 없다고 하셨습니다. 많이 당황했습니다. 규모가 큰 식당도 아니었고 우리가 식사를 마칠 때까지 손님이 들지도 않은 것으로 보아 장사가 잘 되는 식당으로 보이지도 않았는데 왜 식사비를 받지 않겠다고 하시는지 알 수가 없었거든요.

그날 식당 주인분은 추운 날씨에 눈도 많이 내리고 손님도 없는 터라 물끄러미 앉아서 식당 창문을 통해서 밖을 쳐다보고 있었다고 합니다. 저쪽에서 눈보라를 헤치고 누가 오는데 대한민국 군인이 아주 조그마한 여인을 어린아이 감싸듯 끌어안고 오더라는 것입니다. 자세히 보니 나이가 든 여인, 누가 봐도 어머니라는 것을 알 수가 있었다고 합니다.

그분은 너무 어린 시절에 아버지를 잃고 중학생이 될 무렵 어머니마저 여의었다고 했습니다. 그래서 특히 어머니에 대한 그리움이 많은데 오늘 우리 모자의 부둥켜안은 모습을 보고는 가슴 한편이 아려왔다고 했습니다. 특히 어머니께서 늦은 나이에 저를 늦둥이로 낳았기 때문에 나이 차가 상당히 많이 나는 편이라서 어머니의 모습이 더 안쓰러워 보였던 게 아니었나 싶습니다. 식당을 나서면서 그분의 눈을 보고, 그분의 삶을 그려보고, 따뜻한 마음을 다시 한 번 느껴본 다음이어서인지, 다시 눈보라가 치는 길을 나섰음에도 우리 모자는 하나도 춥지 않았습니다.

아무리 편해지고 식단이 좋아졌다고 해도 군대는 군대입니다. 한창 많이 먹을 나이이기도 하고 군인이니 얼마나 '민간'의 음식이 먹고 싶었겠습니까. 저뿐만이 아니라 대한민국의 남성이라면 대부분 그 심정을 헤아릴 수 있을 것입니다. 그 군인이 너무 속상하지 않았기를 바랍니다.

'어려움에 빠진 사람을 조롱하지 말라. 그저 그들에게 손을 내밀어 주라.'는 말이 있습니다. 그리하여 그와 나는 우리가 되고, 그렇게 우리는 서로 기대어 살아가는 존재 아닐까요. 저는 길을 지나다가 울고 있는 누군가를 만났을 때, 아주 잠시라도 멈추어서 살펴볼 수 있는 사람이 되고 싶습니다. 적어도 저와 이 글을 읽는 여러분들은 그런 사람이 됩시다.

# • 사형제도 폐지는 옳은 것일까요? •

　제가 출연했던 《심야괴담회》 유영철 편을 보셨는지요? 사람을 20명이나 살해하고 시신을 훼손 유기한 희대의 살인마 유영철은 '사형확정인'입니다.(요즘은 사형수라 부르지 않고 사형확정인이라고 부릅니다.) 그런 자가 지금도 교도소 내에서 군림(?)하면서 지내고 있다고 합니다. 자신이 저지른 잔혹한 범죄에 대한 반성과 회개는커녕 갖은 행패를 부리면서 교도관들을 괴롭히기까지 한다고 합니다.

　유영철 자신도 알고 있는 겁니다. 적어도 대한민국은 사형제도가 사라진 것이나 마찬가지이니 사형당할 일은 없다는 사실을 말입니다. 우리나라의 경우에 사형제도는 분명히 법으로 존재하고 있습니다. 하지만, 이제 거의 30년 가까이 사형을 집행하지 않아서 실제적으론 국제사회에서 사형이 폐지된 국가로 분류되어 있습니다. 과연 이것이 축복일까요?

어쩌면 남은 삶을 그렇게 희망이 없는 상태에서 교도소에서 보내야 하니 그게 오히려 자신이 저지른 죄에 대한 대가를 고통스럽게 받는 것 아니냐고 하시는 분들도 있기는 합니다. 그렇지만, 그것은 스스로 뼈를 깎는 반성과 회개가 전제될 때의 이야기가 되겠지요.(물론 저는 그마저도 20명의 희생자를 생각하면 절대로 용인할 수 없습니다.)

일본에서는 불과 얼마 전인 2018년에 옴 진리교 교주인 아사하라 쇼코의 사형을 집행했습니다. 23년 만의 사형 집행이었다고 합니다. 미국 일부의 주에서도 여전히 사형을 집행하고 있습니다. 오늘날 극악으로 치닫는 범죄의 행태를 보면서 저는 가끔 우리의 사형제도에 대해서 생각을 해봅니다. 생명의 존엄과 가치, 범죄자의 인권과 피해자의 인권, 그리고 사형집행에 관계한 사람들의 트라우마 등 정말로 많은 문제들이 톱니바퀴처럼 맞물려 있는 것은 분명합니다. 하지만 과연 이대로가 맞는 것일까요?

어떻게 하는 것이 옳은지는 저도 판단이 어렵습니다. 다만, 분명한 것은 희대의 살인마 유영철과 같은 '사형확정인'들을 먹이고 입히는 제반 비용은 우리 국민들의 세금이라는 사실입니다. 그 부분이 개인적으로는 절망스럽습니다.

아무튼 난제입니다. 어떤 형태로건 조속히 정리가 되어야 할 사안입니다. 사형을 폐지한다면 '감형 없는 종신형'이든 '합산형'이든 대체입법이 반드시 필요하다고 생각합니다. 그리고 개인적인 바람은 사형수들이 노역을 통해 자신의 수감생활에 필요한 비용을 스스로의 부담할 수 있도록 제도화하는 것입니다. 반드시 그렇게 되었으면 좋겠습니다.

하루는 연구실로 가는 도중에 갑자기 끼어든 차가 있어 큰 사고가 날 뻔했습니다. 다행히 급제동을 하고 피했는데 화가 나서 클랙슨을 울렸습니다. 대개 이 경우에는 끼어든 차량이 앞서 가더라도 비상등을 깜박여서 사과를 하는 것이 정상입니다. 그런데 그 차가 속도를 줄이더니 제 차 옆에 붙어 운전석 창을 내리고 제게 손짓을 하며 창을 내리라고 합니다. 어이가 없었지만 창을 내리니 30대 젊은 청년으로 보이는 사람이 차를 세우라고 합니다.

잠시 망설였지만 '피해자'가 도망치는 것은 말이 안 된다는 생각이 들어 차를 세웠습니다. 제가 내리기 전에 상대는 이미 내려서 다가오고 있었습니다.

"왜?"

당연히 제 입에서도 반말이 나오게 되더라고요.

"아, 왜 빵빵거리고 난리야?"

차 문을 열고 저도 내렸습니다.

차에서 내린 다음에 상대와 마주 하게 되었는데 아뿔사 마스크를 쓰지 않았습니다. 다시 돌아와서 제 차 운전석에 있던 마스크를 찾아 쓰고 돌아보니 이 청년이 갑자기 태도를 바꾸었습니다. 그러고는 "죄송합니다."라고 하더니 제가 무슨 말을 하기도 전에 차를 타고 도주하듯 가버렸습니다.

어안이 벙벙했습니다. 왜 갑자기 태도를 바꾸었을까요? 상대는 저를 안다는 뜻인데 저는 그 사람이 전혀 생각나지 않았거든요.

학교폭력 피해자가 전학을 가고 스토킹 피해자가 이사를 가야 하는 우리 사회의 이상한 현상들을 보면서 짜증이 났고, 그래서 찜찜하지만 차를 멈추었는데 이런 일이 벌어진 겁니다.

가해자가 불이익을 받는 세상이 공정한 것입니다. 그 과정에서 어설프게 '가해자의 인권'을 말씀하시는 분들이 여전히 있습니다. 맞습니다. 가해자의 인권도 지켜져야 합니다. 하지만, 누군가의 인권을 지키기 위해서 또 다른 사람의 인권을 침해해서는 안 되는 겁니다. 딜레마입니다. 인권보장을 위해서 또 누군가의 인권이 침해되었을 때 그게 과연 맞는 것인지? 저는 '맹목적' 인권보장에는 반대합니다. 제 사견일 뿐이니 더 이상 싸우자고 하지는 마시고요.

# • 누가 뭐라고 해도 형사들을 믿습니다 •

가끔 예전에 같이 근무했던 후배들을 만나서 저녁식사를 합니다. 그런 날에는 단단히 준비를 해서 연구실로 나갑니다. 현직에 있는 후배들을 만나는 일이 제게는 언제나 가슴 설레는 일입니다. 그들의 의젓해진 모습을 보면 기분이 마냥 좋아지거든요. 여러 가지 애로사항을 듣고 조언을 하고 예전에 고생했던 이야기를 나누다보면 어느새 시간이 흘러가버려서 아쉬운 마음으로 귀가를 하곤 합니다.

정기적으로 후배들을 만나왔는데 코로나로 중단되었다가 다시 시작된 만남입니다. 퇴직한 선배의 입장에서 서푼짜리 벌이라도 해서 후배들에게 소주 한 잔 살 수 있는 위치에 있다는 것이 얼마나 다행스러운 일인지 모릅니다. 선배가 부른다고, 만나고 싶어 한다고 해서 쉽게 나올 수 있는 것도 아닐 텐데 현직 시절에 그렇게 잔소리를 해대고 죽어라 일만 시킨 선배를 만나러 오는 후배들이 있다는 것도 제 개인의 축복이겠지요?

형사들의 회식자리 풍경은 과거에나 지금이나 변함이 없습니다. 한 팀의 팀원들이 모두 나오는 날이면, 비록 그날이 비번이라고 해도 한두 명은 식사만 하고 절대 술을 마시지 않습니다. 언제든지 연락이 오면 비번인 팀의 인원 중 1~2명은 나가야 하거든요. 그리고 회식 후에는 술 마신 팀원들을 집에 데려다 주고 귀가하려면 운전도 해야 하니까요. 대체로 그 역할은 막내의 몫입니다. 목욕탕에서도 휴대폰을 비닐에 싸서 들고 다니는 사람이 형사들이니 오죽할까요. 사실 그렇게 보면 형사들의 근무시간은 24시간입니다.

이 모든 부분들을 반영해서 처우가 개선되면 좋겠지만, 아직까지 그렇지 못합니다. 지금도 형사들은 '사명감'이라는 허울 좋은 말에 노동력을 '착취'당하고 있는 것 같습니다. 과거에 국가대표 축구 시합에서 체력이 안 되면 정신력으로 이겨내야 한다며 압박했던 것과 형사들에게 오직 사명감으로 모든 좋은 결과를 요구하는 것은 일맥상통하는 것 같습니다. 언제까지 정신력과 사명감으로 이들을 압박하고 부려먹을 수 있을까요?

저라도 후배들에게 잘 해줄 겁니다. 푸념도 들어주고, 같이 욕도 하고, 불평도 늘어놓고 말입니다. 물론 모두가 피곤한 상태에서 술을 마시느라 속에 묻어둔 이야기까지는 나눌 시간이 부족하겠지만요. 저도 헤어질 무렵에는 '조폭들의 인사'같은 인사를 받으며 귀가해서 곯아떨어질 겁니다. 그래도 저는 누가 뭐라고 해도 형사들을 믿습니다. 그들이 있어 세상이 지금보다 더 나빠지지는 않는 것이라고 생각하니까요.

# • 경찰이 국민에게 신뢰받는 날 •

교통경찰이 길거리에서 운전자와 실랑이를 하고 있습니다. 아마도 신호위반 스티커를 발급하는 것 같은데, 적발된 운전자가 교통경찰에게 막말을 하며 삿대질을 하고 있습니다. 이미 그런 일에는 익숙한지 교통경찰은 아무런 대꾸도 하지 않고 스티커 발급에만 열중하고 있습니다. 운전자는 그런 교통경찰의 모습에 화를 내며 급기야 교통경찰을 손으로 밀쳤습니다.

저는 사태가 꼬이겠다는 생각이 들었고 '아, 공무집행방해죄로 현행범 체포가 되겠구나.'라고 짐작했습니다. 그런데 교통경찰은 밀려나면서 흠칫하고는 발급된 스티커를 운전자에게 건넨 후에 정중히 경례를 하고 그냥 돌아섭니다.

심심치 않게 목격하는 장면입니다. 사안이 심각해지면 개입하려고 그 상황을 주의 깊게 보고 있던 제가 오히려 머쓱해졌습니다. 그런데 이게 맞는 것일까요? 이런 식으로 공권력에 대응하는 모습이 옳을까요? 신호위반보다 벌점도 작고 과태료도 적은 스티커를 요구했다가 이를 거절한다는 이유로 법을 집행하는 경찰관에게 욕설을 하고 밀치는 행위를 하는 것이 법치국가에서 살아가는 선량한 국민의 모습일까요?

그 운전자가 자리를 뜨고 차 안에서 발부한 스티커를 정리하는 교통경찰에게 다가가서 미리 준비한 캔 커피를 건네며 수고가 많다고 말했습니다.

"아, 감사합니다. 뭐, 늘 있는 일인걸요."

그의 대답이 가슴을 아프게 했습니다. 경찰 조직의 신뢰가 떨어진 것은 과거 못난 선배들이 비리를 저지르고 정권에 굴종한 결과입니다. 그 결과 땡볕 아래 아스팔트에서 열심히 일하는 후배들이 고통을 받고 있다는 사실이 매번 너무 미안합니다.

대한민국 경찰의 태동단계에서부터 어긋난 인적구성(일제 경찰을 흡수)과 독재, 군부정권에 빌붙어 국민을 탄압한 결과가 빚어낸 이 원죄는 언제쯤이나 사라질까요? 경찰인 자, 경찰이 되려는 자, 이미 경찰이었던 우리 모두는 한시도 원죄에 대한 개념을 놓쳐서는 안 됩니다. 더욱더 노력하여 후배들이 오욕의 역사 때문에 무시당하지 않도록 해야 할 것입니다.

제 생각에 해법은 간단합니다. 국민이 주인이라는 엄연한 사실

만 철저히 기억한다면 됩니다. 끓어오르는 한낮의 아스팔트 위에서 일하는 후배를 보면서 후회와 미안함, 무력감에 가슴 아팠던 단상이었습니다.

머지않은 장래에 경찰들이 인격적인 대접을 받고 나아가 존경까지는 아니어도 국민들에게 신뢰를 받는 날이 오겠지요? 전국의 경찰 후배들에게 응원을 보냅니다.

# •낚시를 그만 접으라는 계시일까?•

월요일은 제 삶의 패턴인 '주살이'(한 주 간격으로 사는 삶) 시작입니다. 그렇게 한 주를 보내고 금요일에는 마음이 느긋해집니다. 주말이 있다는 것이 정말로 축복처럼 느껴집니다. 지난 주말에도 낚시를 다녀왔습니다. 아직은 물이 차갑고 일교차가 심해서인지 물고기의 활동이 활발하지 않았습니다. 낮에는 피라미들이 극성을 부려서 헛챔질로 고생 꽤나 했습니다. 낚시를 하다 보면 뻔히 피라미 입질인 걸 알면서도 눈에 보이지 않는 물속에서 일어나는 일이니 혹시나 하고 힘주어 챔질을 하곤 합니다. 우리의 삶이랑 다른 게 없습니다.

사방이 어두워지고 케미라이트를 꺾어 파란 야광찌가 안착할 무렵부터 본격적인 낚시가 시작됩니다. 뜸하지만 이때부터 입질은 100% 붕어이므로 긴장하지 않을 수 없습니다. 약 10여 수

'손바닥 급' 붕어를 낚았을 때는 시간이 새벽 2시를 향하고 있었는데 아주 불편한 일이 생기고 말았습니다. 예쁘게 솟구치는 찌를 보고 힘을 주어 낚싯대를 낭겼는데 '아뿔사!' 붕어가 퍼덕이는 바람에 낚싯줄이 나뭇가지에 걸리고 말았습니다. 묘하게도 낚싯줄이 나뭇가지에 휘감겨서 붕어가 하늘을 보고 매달려버린 것입니다. 줄을 끊었음에도 붕어는 매달린 채 버둥거리기만 할 뿐이었습니다. 난감했습니다. 애를 써도 어떻게 할 수 있는 방법이 없었습니다. '저대로 두면 매달린 채 죽어버릴 텐데.'라는 생각이 들어서 낚시를 접었습니다. 플래시 불빛을 비출 때마다 나뭇가지에 매달려 버둥거리는 붕어를 지켜보아야 했는데 죄책감 때문에 도저히 낚시를 지속할 수 없었거든요. 그저 어서 빨리 동이 터서 낚싯배가 들어오기만을 기다렸습니다.

　사실 붕어가 살아있을 것이라는 기대는 접었지만, 적어도 나뭇가지에 감겨 있는 줄을 풀어서 강가에 묻고 한 줌 흙이라도 덮어주고 싶었습니다. 세상의 모든 것들은 결국 사멸하지만, 생명을 지닌 존재의 마지막 순간을 고통스럽게 만든 것이 미안해서라도 그대로 둘 수는 없었기 때문입니다. 이윽고 기다리던 배가 오고 제일 먼저 붕어가 매달린 나뭇가지를 꺾었는데 이게 웬일일까요? 붕어가 퍼덕이는 겁니다. 그 밤 물 밖에서 몇 시간 동안이나 용케도 살아서 버티고 있었던 겁니다. 대견하고 감사하게도 말이죠.

붕어가 매달린 순간부터 저는 계속해서 생각을 해봤습니다. 낚시를 모두 마친 후에는 주둥이에 연고까지 발라서 '방생'하고 있지만, 결국 나 좋자고 생명이 있는 존재를 대상으로 이렇게 유희를 즐기는 게 옳은가를 말입니다. 낚시를 그만 접으라는 계시 같은 걸까요? 앞으로도 이 문제에 대해서는 생각을 해볼 것입니다.

아침에 '그놈'을 살려 보내고 기분 좋게 귀가할 수 있었습니다. 제가 뭐 엄청난 생명주의자는 아니지만, 나뭇가지에 매달려 있는 생명을 보면서 여러 가지 생각들이 떠올라 힘들었습니다. 제대로 시작도 하지 않은 올해 제 '태공'놀이에 이렇게 제동이 걸리다니 어떻게 해야 할까요?

3부

겪어본
사람이 알지요

# '형만한 아우'는 없다

주말에 낚시를 다녀왔는데 옆자리 한쪽은 아버지와 아들인 듯했고 다른 쪽은 형제로 보였습니다. 제 입장에서는 어느 쪽이든 모두 부러운 모습이었습니다. 성격이 모난 건지 아니면 다른 이유가 있는지는 모르겠습니다만, 저는 형제들과 끈끈한 우애가 없었습니다. 바로 위의 형이 저와 나이 차이가 11년이나 되다 보니 어릴 적에도 같이 어울려 본 기억이 없습니다. 그런 부분이 어느 정도 작용한 게 아닌가 싶기도 합니다. 막내로 거의 외아들 대접을 받고 커서 버릇도 없었던 것도 같고요.

아무튼 그런 제가 형님을 다시 생각하게 된 계기는 아버지의 장례식에서 있었던 일 때문입니다. 폐암을 앓으셨던 아버지는 겨울비가 추적추적 내리는 날 돌아가셨습니다. 그때 저는 말단 경찰로 지방에서 근무 중이었습니다. 당일 아버지를 뵙고 귀가하여 집에 막 들어설 때 전화기를 통해 아버지의 임종 소식을 접했습니다. 3일장을 치르는 내내 비가 내렸습니다. 당시 큰형은 공직사회의 꽤 높은 직위에 있어서인지 조문객이 상당히 많았습니다. 그래서일까요? 장남의 역할 때문이었을까요? 큰형은 연신 웃음기를 머금은 얼굴로 조문객들을 맞이하였습니다. 저는 그게 그렇게 싫었습니다. 조문객을 마치 '오래된 벗이 오랜만에 방문한 것으로 착각하는 게 아닌가?'하는 생각까지 들었습니다. 당연히 억하심정이 쌓이고 불쾌한 마음을 접을 수 없었습니다. 장례 절차가 모두 끝나면 반드시 한번은 짚을 것이라고 속으로 다짐했습니다.

3일 동안 장례기간이 끝나고 날이 밝으면 장지로 가는 날 새벽이었습니다. 모두들 지쳐서 졸고 적막이 찾아왔을 즈음, 꾸벅꾸벅 졸고 있던 저는 화장실을 가기 위해 마당으로 갔는데 화장실에서 인기척이 났습니다. 잠시 밖에서 기다리는데 화장실 안에서는 누구인지 모르지만 흐느끼는 소리가 아련히 들렸습니다. 호기심에 그곳으로 다가가 화장실 안쪽을 슬쩍 본 저는 깜짝 놀라고 말았습니다. 거기에는 큰형이 손으로 입을 틀어막고 울고 있었습니다. 큰형은 새벽 시간, 밖으로 소리가 새어 나갈까봐 화장실에서 홀로 입을 손으로 틀어막고 울고 있었던 것입니다.

날이 밝은 후에 장지까지 아버지를 보내드리는 내내 저는 참 많이 울었습니다. 아버지와의 이별도 슬펐고 큰형의 아픔 때문에 슬펐습니다. 그리고 미안해서 또 슬펐습니다. 장남은 마음대로 울 수도 없었던 겁니다. 세상에 '형만한 아우'는 단연코 없다는 것을 새삼 깨달았습니다. 그럼에도 여전히 좁히지 못하는 거리감은 17살이나 차이가 나는 나이와 살아온 세월이 다른 탓일까요?

오늘은 뜬금없이 80이 넘은 형에게 "뭐 하셔?"하고 전화를 해볼 생각입니다. "형님, 저도 60이 훌쩍 넘었네요."라고 하면서 너스레를 떨어봐야겠습니다.

• 겪어본 사람이 알지요, 퇴직할 때의 기분을 •

가끔 지방으로 강의하러 갈 일이 있을 때, 친하게 지냈던 지인들을 만납니다. 드물게 술을 많이 마신 후에는 다음 날 아침이 너무 힘듭니다. 술이란 것이 마실 때는 좋지만, 다음 날 일정에 지장을 초래하기도 합니다. 하지만, 꼭 좋다 나쁘다 양단해서 말할 건 아니라고 봅니다. 다음 날, 그 다음 날까지 고생이 이어져도 좋은 사람과의 술자리를 가졌다면 후회가 없기 때문입니다. 다만, 적정선을 지키기 위해 노력할 필요는 있다고 생각합니다. 건강도 건강이지만, 무엇보다 주변 사람들에게 피해를 줄 수도 있으니까요.

최근에 지방에서 만났던 아우님은 평생을 몸담았던 직장을 그만두고 자기 사업을 구상하고 있다고 했습니다. 쉽지만은 않은 결정이었을 겁니다. 저 역시 거의 10년 전인 2014년 동두천경찰서 수사과장이라는 마지막 보직을 끝으로 32년 동안의 경찰생활을 정리하고 '낯선' 사회로 뛰쳐나와서 새로운 삶을 시작했습니다. 가진 것이라고는 32년 동안의 경찰 경력과 법학박사 학위, 그리고 심리상담 1급 자격증뿐이었습니다. 그것들이 어떻게든 저의 남은 삶을 이어갈 수 있는 일거리를 제공하고 제가 지키고자 했던 존재의 어떤 부분을 다치지 않도록 해줄 것이라고 믿었습니다.

그렇지만, 일이 항상 뜻대로 되는 것은 아니었습니다. 겪어본 사람이 알지요, 퇴직할 때의 기분과 그 후의 막막함을 말입니다. 제게도 퇴직 후 지난 몇 년은 새로운 세상을 맞이하는 혼란스러운 시기였습니다. 너무나 다른 세상을 맛보면서 지난 32년의 세월은 꿈속 같은 삶이었음을 뼈저리게 느꼈습니다. 새삼 가장의 무게를 재확인하는 순간이기도 했고요. 갑자기 자신을 둘러싸고 있는 모든 것들이 낯설어지는 순간을 경험하지 않은 사람은 알지 못할 겁니다.

제가 만났던 아우님은 워낙 성실한 친구라서 잘 해내리라 봅니다. 꼭 그렇게 될 것이고, 또 그렇게 되어야 하고 그렇게 될 겁니다. 다음 날까지 쩔쩔매면서 아침에 해야 할 일을 오후에야 겨우 끝냈지만, 그런 날도 있는 법이지요. 그 아우님이 느낀 헛헛함에 작은 위로라도 되려고 거침없이 달린 하루였습니다. 어쩌다 만나도 늘 가까이 있었던 것 같은 사람을 만난다는 것 자체가 가끔 밤새 달리고 또 달리는 이유로는 충분하지 않을까요?

# •스스로 책임져야 하는 것•

오랜만에 우연히 탁구장에서 만난 후배의 많이 늙어 보인다는 말을 듣고 집에 와서 거울을 보았습니다. 제가 거울을 보는 이유는 얼굴보다 얼굴에서 배어 나오는 그 무엇이 궁금하기 때문이었는데 처음으로 얼굴에서 나이 들어 보이는 자리를 찾아보다가 피식 웃음이 났습니다. 건강 때문에 운동을 시작하면서 일단 몸은 가벼워졌는데 혹시나 얼굴 살이 빠져서 주름이 확연히 눈에 띄었던 것은 아닌지 걱정이 되기도 했습니다. 어쨌든 이런저런 방송에 출연하면서 화면에 비춰지는 제 모습이 전혀 신경 쓰이지 않을 수는 없는 것이니까요. 생전 안 하던 짓도 다 해보았습니다. 이마의 주름을 '인생의 계급장'이라고 굳게 믿으면서도 저 역시 가는 세월을 아쉬워하는 사람이었던 모양입니다.

그저 거울을 볼 때마다 조금은 평온했으면 좋겠습니다. 눈꼬리가 올라가고 분노에 이글거리는 눈은 아니었으면 하고 더욱이 탐욕이 일렁이는 표정만은 아니었으면 좋겠습니다. 방송을 통해 사건을 다루지만, 분노는 정의감이 바탕이 된 '거룩한 분노'였으면 좋겠습니다. 그런데 그렇게 하는 것이 어디 쉬운 일인가요?

그래도 좋습니다. 늘 이러면서 또 한세월 보내는 것도 바로 저이니까요. 어차피 제가 '배우'는 아니니까 그때그때 사람들이 짓는 표정을 살피되 세월 가면 늙는 이치에도 익숙해져야 되겠습니다. 자신의 얼굴은 스스로가 책임져야 하는 거니까요. 저는 오늘도 그리고 내일도 제 얼굴에 책임지러 일을 나갈 겁니다. 언제 한번쯤은 본인의 얼굴을 쳐다보는 기회를 가져보시면 어떨까요?

# • 삶이 고차 방정식처럼 느껴지는 날 •

한번은 식당에서 저만큼이나 목소리가 큰 '어른'을 보았습니다. 저하고 그리 나이 차가 많아 보이지는 않았는데 정치, 경제, 종교, 가정 등 두서없이 나열되는 대화 속에 할 말이 참 많은 듯했습니다. 사실 누구나 마찬가지겠지만 저도 식당에서 크게 떠드는 걸 싫어합니다. 평소 같으면 대화 내용이 들리기보다는 짜증부터 났을 것 같은데 그날은 이상하게 그분들의 대화를 듣게 되었습니다.

'자신은 이제껏 희생하면서 살아왔는데 돌이켜보니 억울하다.'는 것이 요지인 상투적인 스토리였고 '그렇게 젊은 시절을 지나고 보니 빈껍데기만 남았더라.'는 신세 한탄이 거의 대부분이었습니다. 요즘 젊은이들이 가장 듣기 싫어한다는 "라떼는~"이라는 것 말입니다.

사물을 인식하거나 감정을 해석함에 있어서 사람은 자신이 서 있는 위치에 따라서 전혀 다른 태도를 취하도록 되어 있다고 합니다. 자신이 살아온 어렵고 고단했던 세월을 누군가에게 부정당하면 섭섭하고 화가 나겠지만, 어떻게 하겠습니까. 다른 한편으로 생각하면 다른 사람들이 나, 그리고 우리들의 삶을 부정하면 어떻습니까. 어차피 누군가에게 평가받기 위해 이 악물고 살아온 것은 아니지 않습니까. 그저 그때는 그렇게밖에 살 수 없었다고 우리끼리 서로를 위로하며 지나가는 것이 최선일지도 모릅니다.

흘러간 세월의 수레바퀴를 다시 돌릴 수 없는 것처럼 지나간 세월을 새삼 후회하면서 자신의 억울함을 떠들어봐야 돌아오는 것은 동정이나 조롱밖에 없을 겁니다. 그냥 묻어야 하는 겁니다. 스스로의 가슴 저편에 가만히 묻어두고 있다가 황혼이 아름다운 어느 날에 그것까지도 툴툴 털고 사라지는 것이 삶인 걸요.

의지, 열정, 신뢰, 사랑 등 사람이 스스로를 옭죄게 만드는 단어들이 부질없습니다. 그냥 생겨먹은 모습대로 지극히 본능적으로 살면서 한번씩은 '가면'을 쓴 모습도 가지고 있는 존재가 사람입니다. 그래도 남들이 다 그리하니까 오늘도 또 그리하려고 준비하고 나서야 합니다.

갑자기 피곤해졌습니다. 신발 끈을 묶는 순간 지금까지 떠들었던 말들은 저만치 달아나버릴 것입니다. 어쩌겠습니까.

# • 사람 사이의 '거리'를 돈으로 환산하면 •

이제 나이가 웬만큼 들었기 때문인지 주변에서 경조사, 즉 장례식과 결혼식이 끊이질 않습니다. 지인들의 경조사에는 가능하면 참석하려고 애를 써보지만, 코로나 등 요즘의 분위기에 편승해서 어떤 경우는 축의금이나 부조금만 보내는 경우도 있습니다.

이 부조금이나 축의금이 묘한 구석이 있습니다. 원래 부조금이나 축의금은 마음의 표시입니다. 그런데 요즘 우리 사회의 분위기는 부조금이나 축의금의 액수로 사람과 사람 사이의 '거리'를 평가하는 것 같다는 생각이 듭니다. 하긴 결국 마음의 표시라는 것도 돈으로 표현할 수밖에 없는 것이 현실이기 때문에 부조금이나 축의금의 액수를 기준으로 삼는 것도 틀렸다고는 할 수 없겠습니다.

저 역시 매번 그 액수를 고민하게 됩니다. 곰곰이 생각해보니 부조금이나 축의금의 액수를 고민하는 제게도 문제가 있는 것이 아닌가 하는 생각이 들었습니다. 경조사는 물론이고 어떤 순간이든 사람이 보여야 하는 것이니까요. 마지못해서, 체면치레로, 목적이 있어서, 보여주기 위해서 부조금이나 축의금을 전달한 사람과 진심으로 축하나 애도의 마음을 전하려는 사람은 구분할 수 있습니다. 아니 반드시 구분해야 할 것입니다.

무엇보다 상대를 배려해야 됩니다. 상대의 지금 형편을 헤아려보고 감사의 마음을 가져야 합니다. 넉넉한 사람의 만 원과 힘든 사람의 만 원이 갖는 가치는 엄연히 다릅니다. 어떤 재벌의 1억 원보다 정직한 1만 원도 있는 법이니까요. '수 년 전에 내가 했던 만큼 돌아오지 않았다.'고 해서 괘씸하게 생각하거나 '잘 살면서 이것밖에 안 했다.'고 해서 화를 내는 것이 과연 올바른 것일까요. '큰일'을 겪어보면 그 사람을 알게 된다고 하지만, 그것이 부조금의 액수로 정해지는 것은 아닐 것입니다.

궁극적으로 이제는 장례식과 결혼식 문화도 간소하고 실효성 있게 바뀌어야 된다고 생각합니다. 서서히 그런 기류가 보이긴 합니다. 무엇보다 저 같은 기성세대들의 '본전' 생각이 사라져야 될 것입니다. 잘 되겠지요?

## • "싸우면서까지 이길 필요는 없다." •

　돌이켜보면 한 주 한 주는 참 빨리 지나갑니다. 사실 뭔가 아쉬운 것도 없는데 시간이 빠르다고 인식하니 왜 그럴까요? 아직 역동적인 삶을 살아야 된다는 강박이 있는 모양입니다. 이래서 사람에게는 일이 꼭 필요한 것 같습니다. 매주 해야 하는 일이 있으니 거기에 매달리는 시간이 늘 부족하다고 느끼는 게 아닐까 싶거든요. 그렇게 지내다가 스케줄이 없으면 갑자기 세상의 사물들이 느리게 보입니다. 달리는 차도 느릿하고 거리를 지나는 사람들도 느긋해 보입니다. 사실은 오늘이 그런 날입니다. 정해진 일정에 따라 움직일 일도 없고 당장 저를 찾는 사람도 약속도 없습니다. 느긋하게 집에서 다큐멘터리를 보는데 나이가 지긋해 보이는 감독이 경기에 나서는 팀원들에게 "싸우면서까지 이길 필요는 없다."고 말합니다. 청년들이 말을 타고 달리면서 서로 염소를 차지하는 경기였는데 매년 이웃 마을들이 한데 모여서 마을 대항전으로 치르는 일종의 게임 같은 것이었습니다. 제가 놀란 부분은 "싸우면서까지 이길 필요는 없다."고 말하면서 경기를 경기 자체로만 대하는 감독의 태도였습니다. '경기에 최선을 다 하되 실력이 부족해서 지면 경기 결과에 승복해야 한다.' 그리고 '감정을 앞세워서 수단과 방법을 가리지 않고 억지로 이기려고 하지 말라.'는 것이 경기에 임하는 팀원들에게 감독이 당부한 말의 의미였던 것입니다. 내년에도, 내후년에도 경기는 이어질 것이고 내가 못하면 내 아들이, 손주가 이어가며 이길 때도 있다는 것이었습니다.

문득 저 스스로를 돌아보며 싸우면서까지 이기려고 했던 적이 얼마나 많았는지를 떠올려보았습니다. 적지 않았던 것 같습니다. 하여간 제게는 울림이 있었으니 따라해 보려고 노력해야겠습니다. 사람은 죽는 날까지 후회하며 배우고, 결심하다가 끝나는 존재란 것을 알아챈 지는 오래되었기 때문입니다.

# • 전력질주의 희열은 전설이 되어가고 •

　세상일이라는 게 늘 전력질주를 하며 살 수는 없습니다. 저는 한참을 망설이다가 일단 결정하면 전력질주를 하는 습성이 있습니다. 그러다보니 그만큼 방전도 빨리 되는 편입니다. 짧은 시간 휙휙 지나가는 성과들을 맛보며 즐거움을 만끽하다가 어느 순간 주저앉고 싶어지면 한계에 온 것입니다. 그러니 진득하게 느린 걸음으로 꾸준히 가는 사람보다 퇴장도 빠릅니다. 이런 패턴을 잘 알고 있다 보니 스스로 목표치를 딱 그만큼만 잡는 편입니다. 그래서 정통한 것은 하나도 없이 조금씩 일정 수준에 머무는 '얼치기'가 된 것인지도 모르겠습니다. 물론 평생의 과업으로 삼고 있는 범죄학은 예외입니다. 죽는 날까지 이어가야 할 연구과제와 전력질주로 적정하게 성취하고 그만 둘 일은 구분해야 할 테니까요. 다른 여타의 취미나 제 몸에 밴 습관 같은 것이 그렇다는 말입니다. 요즘 체중 조절을 위해 다시 시작한 탁구가 그렇습니다. 젊은 날의 실력에 비하면 아직 미치지 못한 부분들이 있고 엄청난 실력향상이 있는 것도 아닌데 지금의 나이를 감안해서 이만하면 됐다는 생각이 듭니다. 갈등이 시작되고 있는 것입니다. 매일 매일 탁구장으로 출발하기 전에 '오늘은 쉴까?', '며칠 쉴까?', '뭐 다른 것 해볼 게 없을까?'라는 생각들로 한 번씩은 망설이곤 합니다.

고치려고 노력해도 잘 되지 않는 습관이 어느새 또 나오기 시작하는 것입니다. 그래도 한 번 빠지면 두 번 빠지고 싶고, 그래서 결국 그만두게 된다는 사실을 경험적으로 너무 잘 아는지라 저녁 식사를 마친 후에 소파에 엉덩이를 붙이지 않고 일단 집을 나서고 있습니다. 주저앉으면 머무르게 되니까요. 이렇든 저렇든 서서히 어떤 변화가 필요한 시기임은 분명합니다. 올해가 제 취미생활 혹은 건강관리를 위한 전력질주의 '마지막 구간'이 될지도 모르겠습니다. 시간은 충분하니 많이 생각해보려고 합니다. 바둑은 확실히 금년으로 마무리하기로 작정했고요.

늘 혼란과 망설임의 연속입니다. 가슴이 터지도록 헐떡이며 목표지점에 도달했을 때 느꼈던 희열은 전설이 되어갑니다.

# • 코딱지만큼이라도 후회가 덜 하다면 •

최근 다이어트를 한다고 걷기와 탁구를 병행해서 꽤 효과가 있었는데 문득 '이것을 지속할 것인가?'에 대해 고민을 하게 되었습니다. 여태까지 살아온 일정표와 너무 차이가 심한 생활방식을 택했더니 갑자기 주변이 허전해지는 겁니다. 어떤 일이 되었건 그 일을 마치고 나면 같이 한 사람들과 삼겹살에 소주 한 잔 기울이며 세상사는 이야기도 하고 악도 쓰고 푸념도 늘어놓으면서 보내온 시간이 상당했는데 그 일이 순식간에 사라졌기 때문입니다. 물론 건강이 유지되어야 그렇게 '무질서한' 생활패턴도 지속 가능하니 우선순위를 잘 정해두어야 되겠지요.

적정하게 일정을 잘 배분해서 곁에 있는 소중한 사람들과 소원해지는 일은 없도록 해야 되겠습니다. 술이 아니라 음료수를 마시면서 술자리를 지키는 방법을 연구해서라도 "나는 늘 그대들 곁에 있노라!"라고 외치던 시절의 태도를 지켜나갈 것입니다. 어떻게 만든 인연들인데 이를 외면할 수는 없습니다.

지난 몇 달 동안의 정해진 치료기간이 끝나고 중간점검을 마치고 나면 아무래도 좀 나아지지 않을까 싶기는 합니다. 이 넓은 세상에서 그 많은 사람들 중에서 하필 지금 얼굴을 맞대고 살아가는 사람들은 전생에 수 천만 억겁의 인연이니 어찌 소홀할 수 있겠습니까. 하여튼 모든 일이 '사람'입니다. 이제는 새로운 만남보다 지금까지 만나 왔던 사람들이 훨씬 큰 비중이긴 하지만, 옷깃을 스치는 인연도 인연이라서 난해합니다. 만남이라는 것이 얼마나 오랫동안 만났는지가 중요한 것은 아니기 때문입니다. 사실 특별하게 고민하거나 깊게 생각할 필요가 없는 일상일 수도 있는데 제가 굳이 앞서 걱정하는 것을 보면 순전히 나이 탓이라고 해야 할 것 같습니다. 누군가가 '사람 만나는 일이 두려워지기 시작하면 나이를 제법 먹은 것'이라고 하더군요.

일단 조금만 더 건강해지고 그때 또 생각해도 늦지 않을 테니 이쯤해서 덮기로 합니다. 우리 주변에 "후회 없이 살았다."고 자신 있게 말하는 사람을 찾기 힘든 것은 저처럼 평범한 사람들 대부분은 죽는 날까지 후회하며 살도록 되어 있다는 의미가 아닐까 싶습니다. 그저 코딱지만큼이라도 후회가 덜 하다면 성공적인 삶을 살아온 것이라고 생각합니다.

저도 지금부터라도 베풀 게 있으면 아낌없이 주고 주변 사람들에게도 좀 편안한 사람이 되도록 노력해야 되겠습니다. 묘비에 어떤 말을 남길지도 고민해보려고요. 적어도 "괜히 왔다 간다."는 글을 묘비에 새기지는 말아야 할 테니까요. 묘비에 두 글자, "앗싸!"라고 하면 너무 격 떨어지고 경망스럽겠지요?

"형사 생활을 하다 보면 반드시 힘든 때가 온다. 가정에서 문제가 생길 수도 있고, 본인의 건강에 문제가 생길 수도 있으며, 형사라는 직업이 자신과 맞지 않는다는 생각이 들 때가 있다. 그때를 견디지 못하고 형사를 그만두는 후배들도 많이 보았다. 언제 그 힘든 시기가 올지는 아무도 모른다. 그 시기가 오더라도 잘 견디고 주변의 도움을 받고 견뎌라. 그러다 보면 저절로 극복하게 된다. 그러니 너무 쉽게 포기하거나 좌절하지 말아라."

제가 후배들에게 하던 말이었습니다. 그런데 이제는 이 말이 저를 향하는 것 같습니다. 세상을 살다 보면 늘 센 척만하고 살아서는 안 된다는 사실을 깨닫는데 무려 65년이 걸렸습니다. 항상 당당하고 강한 척하다 보면 주변에 사람들이 떠나기 시작합니다. 뭔가 그 사람에게 해줄 게 없다고 판단하기 때문입니다. 더

러는 아플 때 아프다고 누군가에게 말해야 합니다. 그런 의미에서 늘 '징징대는' 사람이나 늘 '강한 척'만 하는 사람은 자신의 약한 모습을 겉으로 드러내느냐 드러내지 않느냐의 차이는 있겠지만 궁극적으로 비슷하다는 생각이 듭니다.

무언가를 깨닫는데 나이는 중요치 않습니다. 이것이 바로 요즘의 제 화두였습니다. 이렇게 끄적거리는 글이라도 쓰지 않았으면 터미네이터처럼 강한 척 하느라 주변에 사람들이 아무도 남지 않을 뻔했습니다. 저의 약한 감성과 겪고 있는 통증을 글로 쓰지 않았으면 무슨 일이 일어났을까요. 생각만으로도 암울합니다.

이제는 가끔 "나도 아프다.", "나 정말 힘들다."라고 말하면서 살아가야겠습니다. 생각해 보면 우리의 삶 자체가 시행착오의 반복이므로 시도하지 못할 일이라는 것은 없으니까요. 누군가에게 할 말이 있다며 저녁에 당장 약속을 잡아 보십시오. 얼큰하게 취한 세상은 좀 다르게 보일 수 있습니다. 실루엣으로 보이는 세상이라고 해도 현실은 현실이니까요.

4부

같이, 그리고
함께 하는 인연들

《사건의뢰》 녹화를 마치고 귀가하는 길이었습니다. 걸어가는 제 옆으로 차가 바짝 다가와서 한쪽으로 피했더니 '빠앙~'하고 클랙슨을 울려서 멈춰 섰습니다. 화들짝 놀라서 무슨 일인가 하고 제자리에 가만히 서 있는데 운전석에서 한 남성이 급히 내려서 제게 다가왔습니다. 본능적으로 들고 있는 가방을 꽉 움켜쥐었습니다.

'내게 무슨 사유로든 감정이 있거나 따질 게 있는 사람인가?', '내가 걸어가고 있었으니 차량시비는 아니고 분명 다른 무슨 이유가 있어서 나를 멈추게 했을 텐데 무슨 이유일까?', '차를 보니 고급 세단이니 가난한 사람은 아닐 것이고 혹시 내가 아는 조직폭력배인가?' 등 짧은 순간이지만, 많은 생각을 했습니다.

제게 다가온 사람은 제법 나이가 든 중년 남성이었습니다.

"김 형사님! 접니다."

"누구⋯⋯?"

"나 모르시겠어요? 나, 저 6거리에서⋯⋯."

그분이 말을 마치기도 전에 생각이 났습니다. 6거리 한쪽에 있는 구두박스에서 구두를 닦으면서 구두 수리를 해 주던 사람이었습니다. 그가 이렇게 변한 모습으로 나타난 것에 사실 꽤 놀랐습니다. 그는 구두 수선을 하면서 근검절약을 통해 약간의 자금을 모았고, 그 자금으로 의정부에서 포천으로 넘어가는 지역에 땅을 사서 그곳에 아내와 식당을 열었다고 합니다. 처음에는 닭백숙을 팔았는데 그런대로 장사가 잘 되었다고 합니다. 그러던 중에 그의 아내가 독특한 방법으로 '누룽지 백숙'이라는 메뉴를 개발했는데 한마디로 대박이 나서 이제는 살아가는데 경제적인 걱정은 없다면서 '꼭 한 번 만나서 식사하자고, 자기 아내도 같이 자리하자고, 자기 아내도 보고 싶어 한다고.' 하면서 명함을 건넵니다.

그는 미친 듯 뛰어다니던 형사시절에 제 담당 구역에서 구두를 닦으며 성실히 살아가던 사람이었습니다. 잠복을 마친 이른 새벽에 구두박스에 들러 구두를 닦은 후에 바로 옆에 있는 설렁탕집에 가서 같이 식사를 하곤 했습니다. 그때마다 저는 '고

생한다고, 언젠가는 좋은 날이 올 거라고…….' 그에게 말했습니다. 하지만, 사실 그 말은 저 자신에게 했던 말이기도 했습니다. 바로 그때 만나서 서로 알고 지냈던 사람이었습니다. 그가 길에서 저를 보고는 가던 길을 돌려서 저를 불러 세운 것입니다. 세상은 이래서 가끔 살맛이 납니다. 가까운 시일 내에 다시 만나기로 하고 헤어졌습니다. 그리고 제가 그 사람이 다가올 때까지 가만히 서 있었던 것은 놀라서 그랬던 것이 아닙니다. 저는 이미 그 사람이 차를 세우고 비상등을 켜는 걸 보고 있었습니다. 그래서 나를 공격할 사람은 아니라고 추정하고 있었습니다. 공격할 사람을 불러 세우면서 비상등을 켜고 차에서 내리는 사람은 없으니까요.

그런 세월을 돌고 돌아서 지금 이 자리에 서 있습니다. 저도 이만하면 남 아프게 하지 않고 잘 살았다고 생각합니다. "늘 TV를 통해서 제 모습을 보고 있었다."는 그 사람의 말을 들었거든요. '미운 놈'이었으면 TV에 나오는 얼굴이라고 보고 있겠어요?

## •훗날 우리에게 남는 것•

　병원에 입원해서 하필 코로나가 겹치면서 거의 2년 동안 홀로 지내다가 귀천한 친구가 있었는데 그 친구의 아내와 제 아내가 어제 잠시 만나 식사를 했다고 합니다. 한 번씩 뜬금없이 생각이 나서 눈물을 흘리게 만드는 친구입니다. 그때 어떻게든 한 번이라도 만나봤어야 했다는 후회가 많습니다. 늘 전화나 문자로만 소식을 주고받았거든요. 그 친구가 제게 가장 많이 했던 말이 "아내와 함께 보낸 시간이 너무 적다."는 것이었습니다. 그때마다 저는 위로랍시고 "먹고 사느라고 그런 것 아니냐?", "코로나 끝나면 죽자고 붙어 있을 건데 무얼 그러느냐?"라고 말했습니다. 그 친구는 그렇게 이별할 줄 알았던 것일까요?

　이제 그 친구가 이 세상에서 '소풍'을 끝내고 귀천한 지 1년이 넘었습니다. 지난 한식 때 친구의 아내와 아이들이 친구가 한 줌의 재로 잠들어 있는 나무가 있는 곳을 다녀왔다는 이야기를 했다고 합니다. 정신없이 사느라고 잊었던 그 녀석이 생각나서 갑자기 울컥했습니다.

고등학교 때부터 무던히도 붙어 다니던 친구입니다. 사회로 나와서 각자 먹고 사느라고 자주 만나지는 못했지만, 언제든지 전화 한 통이면 매일같이 만나는 사이로 돌아갈 수 있었던 사이였습니다. 뭐가 그리 급했을까요? 당뇨가 심해서 세심한 관리가 필요했음에도 직업의 특성 때문에 병을 방치하다 급기야 투석을 해야 할 지경에 이르렀습니다. 결국 그 친구는 일상을 포기해야 했습니다. 코로나로 격리되어 투석을 받기 위해 요양병원에서 생활을 할 때도 힘들다고 투정 한 번 하지 않고 늘 희망을 이야기하던 친구였습니다. 제게 한 번쯤은 "외롭다." "힘들다."고 이야기 할 수도 있었을 텐데 단 한 번도 그렇게 말하지 않았습니다.

그렇지만 저는 목소리 저 편에서 묻어오는 절망감을 분명히 느꼈습니다. 후회되는 게 하나 있다면 어떻게든 그를 만났어야 함에도 그가 거부한다는 구실로 만나지 않았다는 것입니다. 친구 사이라도 상한 모습을 보이는 것이 싫었던 것이겠지요. 그게 그의 자존심을 존중하는 것이라고 자위했는데 한편으로 생각하면 저도 그 친구를 볼 자신이 없었던 것 같습니다. 강가에 지는 노을을 볼 때마다 생각나는 친구입니다. "내 몫까지 살아 달라."
는 의미라고 해석을 하지만 그건 산 자들이 만들어 낸 허구입니
다. 그는 갔고 저는 남은 자일 뿐입니다. 그냥 친구가 그립고 문
득, 불쑥 생각난다고 하는 게 맞습니다. 그 간격이 빈번하다는
점이 다를 뿐이지요. 이제는 볼 수 없어서 더 보고 싶습니다.

주변 돌아보시고 보고 싶은 사람 자주 만나십시오. 훗날에 우
리에게 남는 것은 그것뿐이라는 생각이 듭니다. 사랑하는 사람
과 강변이건 오솔길이건 산책을 하는 건 어떨까요?

## • 친구를 보내는 일이 너무 힘듭니다 •

친구의 49재가 있었습니다. 절에서 49재를 올렸는데 그 모습을 동영상과 사진으로 보내왔습니다. 그 녀석의 사진이 보이고, 입던 양복이 펼쳐져 있었습니다. 양복 색과 맞춘 갈색구두는 아직도 광이 나고 있었습니다. 옷과 신발은 아직 그 녀석을 보낼 준비를 하지 못했던 겁니다. 왈칵 눈물이 쏟아져서 한참을 울었습니다.

그날 저녁에는 그동안 그 친구와 주고받은 문자들을 읽어보았습니다. 바빠서 대충 넘긴 글들에는 삶을 규정하는 내용이 많았고 링크된 글들은 거의가 떠날 준비를 하며 비우는 자의 심경을 담은 것들이었습니다. 사실 바쁘다는 이유로 그 링크된 글과 영상을 보지 않았습니다. 어제 저녁에야 비로소 모두 보았습니다. 하염없이 미안해서 눈물이 났습니다.

그 친구는 병상에서 다리를 절단하는 수술을 받았습니다. 당뇨가 심해서 오랜 시간 병원을 전전하였는데 결국 패혈증이 수반되어 결단을 내린 것이었습니다. 목숨이 위험해서 내린 결단이므로 스스로가 옳은 선택을 했을 것이라고 믿었습니다. 그렇지만 그것은 더 강해지기 위한 결단이고 어떻게든 살아남아서 친구들과 지는 노을과 같은 시간을 함께 하려는 피나는 노력이라고 생각했습니다. 어쩔 수 없이 다리를 절겠지만, '씨익~' 웃으면서 우리 친구들 앞에 나타날 것이라고 믿었습니다. 그렇게 다리를 절단하고도 씩씩했던 친구인데 입원 중 자신의 다리가 없어졌다는 사실을 망각했던 모양입니다. 일어나다가 침대 밑으로 떨어져 의식을 잃고 혼수상태에 들었습니다.

소식을 접하고 몇 날을 거의 뜬눈으로 보내며 우리의 젊은 날을 생각했습니다. 겨울 파시장을 헤집고 다니듯 거칠은 세월을 같이 했고 가슴 속에 뜨거운 정열로 세상을 통탄하며 술잔을 기울이기도 했습니다. 그 친구와 저는 운동을 좋아했고 또 실력도 괜찮아서 친구들 사이에서는 '천하무적'이라고 소문이 났었습니다. 어려서는 '둘이 붙으면 누가 이기나?'를 궁금해 하는 친구들도 많았지만, 우리는 단 한 번도 주먹질을 하지 않았습니다. 서로를 인정했기 때문입니다. 그런데 뜬금없이 고교시절로 돌아가서 그와 싸돌아다니던 꿈을 꾸었습니다. 이상하게도 꿈속에서 제게 미운 짓을 하여 싸우자고 했는데, 혹시 정을 떼고 가려는 게 아닌가 하는 생각도 들었습니다. 그렇게 친구에게서 소식이 올까봐 노심초사했습니다. 연락이 오면 '고향'으로 돌아간다는 것 아니면 친구가 기적적으로 눈을 떴다는 것 둘 중의 하나일 테니까요. 가슴 졸이면서도 친구가 눈을 뜰 것이라고 믿었지만 사실 자신은 없었습니다. 코로나의 영향으로 얼굴조차 볼 수 없는 상황이 정말 답답했습니다. 텅 빈 병상에서 기계장치에 의존한 채 깊은 잠에 빠진 친구가 얼마나 외로웠을까요.

며칠이 지난 후에 유난히 다르게 느껴지는 전화기의 진동으로 저는 이미 예감하고 있었던 것 같습니다. 허겁지겁 병원으로 달려갔지만 코로나 때문에 입구에서 발길을 돌려야 했습니다. 2년 이상 지속되는 코로나로 친구가 입원한 병원에 문병도 한번 못 가보고 떠나는 길에 얼굴도 한번 못 보고 보내야 했습니다. 그 2년 간 친구는 병실에서 갇혀 꽃이 피고 지고 낙엽이 흩날리는 세월을 보내며 무슨 생각을 했을까요? 마음이 아팠습니다. 본인이나 아내와 아이들의 심정이야 헤아릴 수도 없겠지만, 저도 가슴 한쪽이 뻐근했습니다. 아무것도 해줄 수 없다는 게 너무 서글펐습니다.

그렇게 강했던 친구가 병마에 무릎을 꿇다니 청천벽력입니다. 다시 한 번 고교시절, 그와 같이 헤집고 다니던 여러 장소들이 생각났고 이즈음의 꽃과 사람들이 그려졌습니다. 하긴 언제 어디에 있어도 늘 쾌활하고 능청스러운 녀석이니 큰 걱정은 하지 않아도 될 것 같습니다. 먼저 가서 자리 닦아놓고 기다릴 놈이니 너무 슬퍼하지도 말아야 되겠습니다. 먼발치에서 잠시라도 그 친구의 마지막을 보기 위해 조문을 갔습니다. 저는 볼 수 없었지만 친구는 저를 볼 수 있었을 겁니다. 친구의 마지막 얼굴은 보지 못했습니다. 가장 최근에 만났던 건강한 모습 그대로 영원히 기억하게 될 것 같습니다.

그 친구를 떠나보내고 며칠 동안은 일찍 눈이 떠지는데 일부러 뭉그적거리면서 시간을 보냈습니다. 스스로에게 어깃장이라도 부려야 할 것 같았거든요. 친구 하나 먼저 보내는 일이 이리 힘듭니다. 친구는 한줌의 재가 되어 제가 간혹 가는 저수지의 나무 밑에 뿌려졌습니다. 흐느끼고 나부끼며 부유하다가 결국은 흙으로 돌아가는 것이 인생일진데 후회 없도록 열심히 살아야 되겠습니다. 가는 사람은 가는 것이고 남은 자는 또 세상이라는 역풍에 맞서면서 배를 띄워야 합니다.

우리 동네 '폐지수집가'와 저는 서로 깊은 유대는 없는데 그냥 친구처럼 지내기로 했습니다. 늘 그렇듯 오다가다 길거리서 만나면 먼저 본 사람이 "어이, 친구!"하며 인사를 건네고는 각자 자기 갈 길로 가지만, 분명히 친구 사이입니다. 수년을 알고 지내왔어도 술자리 한번, 식사 한번도 하지 못했지만, 이른 아침에 살갑게 인사를 나누는 사이이니 친한 사이임은 분명합니다.

또한 굉장한 인연이라고 생각합니다. 땅바닥에 쏟아버린 폐지를 주워주다가 맺은 인연인데 나이가 비슷하다는 사실을 알고 그냥 친구처럼 지내기로 했습니다. 언젠가 식사나 하라고 만 원짜리 두 장을 건넸다가 혼이 났고 매번 말하는 막걸리 한 잔은 미루어지고 있습니다. 오히려 제가 그 친구에게 '빚'이 있습니다. 검정 비닐봉지에 담은 막걸리 한 병을 너무나 태연하고 씩씩하게 건네주어서 검정 비닐봉지를 들고 전철을 타게 만든 재미있는 친구입니다. 이 친구는 예전에 사업(뻥튀기)을 했던 것 같습니다. 여기까지가 대충 들었던 말입니다. 이제 코로나도 그만그만하니 정말로 막걸리 한 잔 하면서 자세한 이야기를 나누어보려고 합니다.

사람이 사람을 만나는 일처럼 큰 인연은 없습니다. 이 넓은 세상에서 대한민국, 그리고 제가 사는 동네, 딱 그 자리에서 알게 되어 서로가 면을 트는 일은 확률로 따져도 어마어마한 우연이 아니겠습니까? 제게 다가온 인연, 그 인연이 다른 인연을 맺고 우회해서 그 다른 인연과 내가 맺게 되는 인연! 가끔은 내 주변에 서 있는 소중한 사람들, 그 아름다운 인연들을 생각하면 언제나 기분이 좋아집니다.

그 친구에게 여자 친구가 생겼다고 합니다. 자기와 같은 일을 하는데 수집한 폐지를 사주는 고물상에서 처음 알게 되었다고 합니다. 그 친구의 인연이 아름답기를 바랍니다. 조만간 그 친구가 여자 친구와 리어카를 끌고 새벽도로를 횡단하는 모습을 볼 것이라 믿습니다. 저도 궁금하거든요.

"예방주사 맞았어?" 툭 던지고 간 말과 함께 그의 검은 얼굴이 멀어져 갑니다. 사실, 이 친구 때문에 아침에 비는 좀 안 왔으면 좋겠습니다.

잘 받지 않는 전화지만 나중에 전화를 한 번 해보려 합니다. 막걸리나 몇 병 사주어야 하겠습니다. 한 하늘 아래, 이 축소된 공간에서 함께 숨 쉬는 끈끈한 관계는 사실 따지고 보면 흔치 않은데 우리들이 너무 간과하고 살고 있는 건 아닌가 싶습니다. 이웃사촌이라는 말, 정말로 세상의 이치를 관통하는 분이 만든 언어가 맞습니다.

# • 걱정해 주는 사람이 옆에 있다는 것 •

비가 내리고 시간이 정체한 양 지루한 장마가 이어지는 날에 베란다에서 밖을 내려다보다가 폐지 수집하는 친구가 문득 생각났습니다. 생각해보니 지난주부터 꽤 오랜 시간 그 친구를 보지 못했습니다. 아무래도 장마 기간이라 쉬고 있을 것 같은데 폐지를 줍는 일도 일이지만 건강은 어떨지 궁금하고 안타깝습니다. 언젠가 일을 쉴 때를 대비해서 통장에 비상금 50만 원을 넣어두었다고 제게 자랑을 하며 보여주었는데 그걸로 버티고 있는 게 아닌가 싶습니다. 어서 빨리 우리 동네 사람들에게 새벽을 알리는 그 친구가 일하는 모습을 보고 싶습니다. 우리 동네 풍경 속에 그의 리어카가 없으면 구도가 맞지 않는 것 같다는 생각이 들거든요.

최근에야 비로소 폐지 줍는 친구가 '황 씨'라는 사실을 알았

습니다. 방송 마치고 늦게 귀가하면서 문득 그가 걱정되어서 회
룡역 앞 난전에서 채소를 파는 할머니께 "그 친구는 요즘 어찌
지내냐?"고 여쭈었더니 "어, 폐지? 황 씨?"라고 하시는 겁니
다. 언젠가 끌고 다니는 리어카를 멈추고 그 할머니와 말을 주
고받는 모습을 보았거든요. 요 며칠은 비가 계속 내려서 폐지
줍는 일은 안 하고 쉰다고 합니다. 그래도 하루에 한 번은 회
룡역 주변의 난전 시장을 한 바퀴 돌아보고 집으로 돌아간다고
했습니다.

그 일이 있고 얼마 지나지 않아 탁구를 치러가다가 열심히 박
스를 정리하고 있는 우리 동네 '환경파수꾼 황 씨'를 만났습니
다. 그렇지 않아도 궁금했는데 여전히 건강하게 자신의 일을 하
고 있어서 반가웠습니다. 이제 곧 일을 마치면 저녁식사를 하러
갈 것이라고 해서 제가 막걸리 값이라도 보태려고 했는데 이번에
도 그 친구가 한사코 거절을 해서 안부만 묻고 헤어졌습니다.

그 친구는 아직 제가 강의나 방송을 한다는 것에 대해서 잘 모
릅니다. 아마도 텔레비전에 나온다고 하니 저를 탤런트나 배우
정도로 알고 있는 것 같습니다. '어서 잘 풀려서 좋은 영화 한편
은 찍어야 되지 않겠냐.'고 저를 걱정합니다. '그렇게 되도록 노
력하겠다.'고 하고 서로 각자의 길로 돌아섰습니다. 저는 '그저
건강 잘 챙기고 술 조심하라.'고 당부를 했습니다. 이렇게 서로

의 '정체'도 잘 모르지만, 친구라 생각해서 걱정해 주는 사람이 옆에 있다는 것도 제게는 축복입니다.

세상 좀 살다보니 별 것 없습니다. 만나서 불편하고 개운치 않은 사람까지 굳이 관심을 가져야 할까요. 길지 않은 세월, 그저 만나서 편한 사람들과 시간을 보내기에도 부족합니다. 내 마음의 평화는 스스로가 만드는 것이 아닐까요? 다소 심드렁해지는 지혜를 배워야 하겠습니다. 어서 코로나가 끝나고 모두 일상으로 돌아가서 저는 저대로, 그 친구는 그 친구대로 각자의 위치에서 만족하며 늙어갔으면 좋겠습니다.

# • 우공이산(愚公移山)! •

엊그제 조직폭력배 생활을 하다가 이제는 개과천선해서 수도
권 외곽에 낚시터를 운영하는 '동생'을 만났습니다. 한적한 낚
시터라서 적적했던 탓인지 술자리 내내 거의 혼자서 이야기를
합니다. 마음을 터놓을 사람이 그리웠을 것이라 짐작은 하지
만, 몇 시간이나 듣고 있자니 힘이 들었습니다. 그래도 오랜만
에 지인을 만나서 나름 신이 나서 그러는 것이니 어찌 들어주지
못하겠습니까.

술자리를 정리하고 제가 대리운전 앱을 만지작거리고 있으니
자신이 대리운전을 불러야 수수료 1,000원을 벌 수 있다면서 잽
싸게 전화를 합니다. 한편 놀랍기도 하고 대견하다는 생각도 들
었습니다. '정말로 개과천선을 한 것인가?' 의문이 완전히 사라
진 것은 아니지만, 한동안 말썽 없이 지내는 것으로 보아 안심해

도 되지 않을까 싶었습니다.

대리운전을 기다리며 "1,000원씩 벌어서 언제 부자 되겠느냐?"라고 농담을 했더니 댓바람에 "우공이산(愚公移山)!이랍니다."라고 문자로 응수를 합니다. "무슨 말인지 알고 있느냐?"고 물었더니 이렇게 대답합니다.

"중국 북산에 우공이라는 90세 노인이 태행산과 왕옥산 사이에 살고 있었는데 교통이 불편하자 곡괭이와 삽으로 산을 깍아 평지로 만드는 작업을 시작한 것에서 유래한 말입니다. 어리석은 일이라고 누구나 이야기 했지만 자신이 못하면 아들이, 손자가 이어서 결국 산은 평지가 된다는 것인데. 우직함과 어리석음의 구분을 모호하게 하는 말이기도 합니다."

사실 오늘 만난 '동생'을 제가 검거했을 때에는 정말 한글만 겨우겨우 읽는 수준이었습니다. 조서를 읽고 제대로 이해하지 못했거든요. 그때 처음으로 교도소를 갔습니다. 그 후로도 수차례 제 손으로 수갑을 채웠고 꽤 오랫동안 수감생활을 해야 했습니다. 그 과정에서 제대로 한글을 배우고 글을 읽을 수 있게 되니 기본적인 한자까지 배웠던 것입니다. 그 '동생'에게는 교도소가 그래도 긍정적으로 작용한 것이라고 해도 무방합니다. 이제 고사성어는 저보다 훨씬 많이 아는 것 같습니다.

무엇보다 그가 고사성어의 뜻을 깊이 헤아려서 본인에게 맞는 처신을 하면서 살았으면 좋겠습니다. 우공이산의 마음으로 조폭들이 가지는 일확천금의 꿈에서 완전히 헤어나기를 바랍니다. 현재는 아주 긍정적입니다. 저도 열심히 감시(?)하려고 합니다.

## • 책임의 무게 •

    제 친구 중에 평생을 '베짱이'처럼 사는 친구가 있습니다. 저와 그리 뜻이 잘 통하는 사이가 아니어서 만남이 뜸한 편이지만, 뜬금없이 제게 전화를 해서 안부를 전하곤 합니다. 통화 내용은 자신이 편찮으신 어머니의 수발을 들고 있는데 쉽지 않다는 이야기가 대부분입니다. 우리 나이에 편찮으신 부모님을 모시는 것은 정말 쉽지 않은 일입니다. 다만 그 친구 어머니의 재산이 상당하다는 이유 때문에 진정성에 약간의 의문이 있지만, 주변의 친구들의 전언에 따르면 그 친구의 말처럼 어머니를 위해 꽤 애를 쓰고 있는 것만큼은 사실인 모양입니다. 짧지 않은 시간 동안 자신의 일을 내려놓고 어머니를 모셨으니 충분히 인정할 만하다는 것이었습니다. 그래서 저도 점점 병세가 악화되는 그 친구 어머니의 소식을 들으면서 조금만 더 정성을 다해 모시다가 어머니를 보내드리면 재산도 물려받을 테니 그 친구는 남은 인생도 편하게 살아가겠다는 생각이 들었습니다. 그리고 얼마 후에 그 친구가 어머니께서 돌아가셨다는 소식을 전해왔습니다. 저는 직접 빈소를 찾지는 못하고 부의금으로 애도를 표했습니다. 코로나 19로 문상이 제한되어 있기 때문에 불가피한 측면이 있었습니다.

  그렇게 한동안 잊고 있었는데 그 친구로부터 전화가 왔습니다. 어머니가 유언을 남기셨는데 자신의 남동생과 여동생에게 거의 모든 재산을 상속하고 자신에게는 지금 살고 있는 면목동의 단독주택 한 채만 물려주신 것이 억울하다면서 변호사를 선임해서 법적으로 다투어본다는 것이었습니다. 저는 가만히 듣고만 있었는데, 그 친구가 변호사 소개를 부탁했습니다. 잠시 생각을 하다가 거절했습니다. 제가 알고 있는 변호사를 소개해 줄 수도 있었지만, 친구 집안의 재산분배와 관련된 일에는 간접적으로라도 개입하기 싫었기 때문입니다. 그리고 제가 보기에 그 친구는 편찮으신 어머니를 수발하며 모시기도 했지만, 한편으로는 병든 어머니에게 기대어 살았던 아들이기도 했기 때문입니다. 마지막으로 "동생들 만나서 진솔하게 대화해 봐라."라고 말하고 전화를 끊었습니다. 그 친구의 입장에서는 도움을 거절한 제가 섭섭할지도 모르지만 어쩌겠어요?

  '자유로운 영혼'이 되어 자신에게 업과 같이 지워진 '책임의

무게'에서 벗어나고 싶지 않은 사람이 어디 있겠습니까. 하지만, 무언가를 책임져야 할 때 책임지지 않으면서 무한정 자유로운 영혼으로 살아갈 수는 없는 일이겠지요. 저는 제게 주어진 삶의 범위에서 최선을 다해 순응하며 다소 억울하고 슬픈 일이 있어도 감내할 것입니다. 그런 것들에 항거하며 버티는 과정에서 겪는 모진 일마저도 '순응'이니까요.

4년 전 어느 날, 박동민 피디와 의기투합하여 '유튜브'를 하기로 작정하고 같이 진행할 사람을 찾다가 후배의 소개로 김윤희 프로파일러와 통화를 했습니다. 조금은 자신 없는 목소리로 우려 섞인 뉘앙스로 "어떻게 할지는 모르겠으나 일단 해보겠다."는 답을 들었습니다.

사실 어떤 사안이든 확실한 의사표시를 하는 것을 좋아하던 저로서는 마뜩치 않았습니다. 처음에는 방송 경험이 전무한 상태에서 주제의 각을 벗어나는 분석이 있다보니 우려도 없지 않았으나 일단 내가 추천하였고 사실 따지고 보면 경찰학교 제자이니 뭐라 할 수도 없었습니다. 다만 그 와중에도 저는 그녀의 인간성만큼은 굳건히 믿었습니다. 제가 사람은 좀 볼 줄 알거든요.

이 세상을 살아가면서 극복하지 못할 일은 별로 없습니다. 그런데 딱 하나 속수무책인 게 있는데 그건 인성입니다. 기본적으로 그 사람에게 깔려 있는 인성은 제가 어찌할 수가 없더라는 것입니다. 그녀는 그것 하나만으로도 우리 프로그램을 진행할 자격이 충분했습니다. 게다가 한동안 손을 놓았던 것들을 다시 끌어내기 위해서는 약간의 시간도 필요했고요.

덧없이 흐른 세월! 혹자는 "할 만하니 떠난다."고 말합니다. 하지만, 저는 그렇게 생각하지 않습니다. 자신이 갈 때를 아는 것입니다.

제가 늘 말씀드리는 '들고 나는 시간'을 판단하는 것은 매우 중요합니다. 떠날 때는 뒤도 돌아보지 않아야 하는 것이고 그 판단을 존중해주는 것은 보내는 자의 도리입니다. 왜냐하면 사람은 그렇게 '떠나고야 마는' 존재이기 때문입니다. 저 역시 그럴 것이고요. 더 늦으면 안 되겠다는 생각이 있다면 더 미룰 필요가 없습니다. 떠나야 합니다. 저는 그녀의 판단을 믿습니다. 그리고 존중합니다. 《사건의뢰》를 넘어선 '인연'이 있는데 무엇을 걱정하겠습니까.

남은 자는 떠날 날을 기다립니다. 항상 그러한 게 인생살이니까요. 새로운 영역에서는 걸음걸이도 바꾸어야 하는 법이라고 합니다. 그녀의 신속한 변신을 기대하며 뒤를 돌아보는 시간조차 아깝게 소비하지 않기를 바랍니다. 반드시 잘 될 겁니다!!

이번에 '이별'의 의미를 생각해 보았습니다. 이별과 관련해서 저의 기본적인 '철학'은 당나라의 시인 육구몽이 지은 5언 율시였습니다.

대장부에게 눈물이 없는 것은 아니나 이별할 때 눈물을 흘리지 않는다.

칼을 잡고 이별주를 앞에 두고서 수심에 찬 나그네 얼굴은 부끄럽다.

독사에 손을 물리면 장사는 거침없이 팔뚝을 자른다.

공명에 뜻을 두었으니 어찌 이별 따위를 탄식하겠느냐.

'공명'을 세우는 일을 하기로 했다면 소소한 이별에 연연하는 나약한 모습을 보이지 않겠다는 것입니다. 저의 이별은 육구몽을 지향하지만, 아무래도 박목월 선생의 〈이별의 노래〉가 더 적합한 것 같습니다.

떠나는 이에게 무한한 축복을 기원합니다! 그가 본래 갈 곳으로 돌아가는 것을 '이별'이라 하는 것은 큰 실례이니까요. '떠나가는 이'와 '보내주는 이'가 합쳐져서 '이별'이란 희망(?)을 만

든 것입니다. 우리는 모두 때가 되면 떠나고 언젠가는 다시 만나
니까요!

## • 대화의 과정에서 틀린 생각은 없다 •

오늘(2021년 8월 26일)은 지난 3년 동안 수요일과 목요일, 주 2회 출연해왔던 《mbn 뉴스파이터》의 마지막 방송을 하는 날입니다. 오랜 시간 김명준 앵커와 호흡을 맞추어 왔습니다. 그러다 보니 김명준 앵커의 눈빛만 봐도 감을 잡을 수 있는 정도가 되었고 김 앵커도 마찬가지입니다. 한자리에서 한동안 무언가를 같이 하는 사람을 '동료'라고 하는데 그런 면에서 보면 그는 동료입니다. 그것은 같이 출연했던 패널 분들도 마찬가지가 되겠고요.

하나의 사안을 두고 각기 다른 생각이 표출되어야 토론이 되고 시청자들도 다양한 견해를 듣고 올바른 판단을 할 수 있게 되는 것이겠지요. 방송을 시작했던 초창기에는 제 스스로가 언론이나 다른 패널들에 대해 어느 정도 '피해의식'을 가지고 출발하다 보니 고깝게 생각하는 부분이 많았습니다. 특히 경찰이 관련된 문제에 대해서는 범인을 검거하면 수사 과정의 문제를 찾아서 비판하고 범인을 놓치면 조직 전체를 무사 안일한 집단으로 매도한다는 피해의식에 절어 있었던 부분도 없지 않았습니다.

"이 세상 대화의 과정에서 틀린 생각은 없다."는 사실을 제대로 이해하지 못했던 것입니다. 다를 뿐이었던 것이죠. 피해의식에 절어 상대의 생각이 무조건 틀리다고 단정하고 있었으니 얼마나 전투적인 얼굴과 언사로 방송에 임했을지 뻔합니다. 또한 당시에 저는 '소통'이 아니라, 오직 '설득'만을 강요하고 있었던 것입니다. 하지만 설득에 성공하기보다는 반복적인 실패를 경험할 수밖에 없었습니다. 그 실패는 상대가 저의 견해를 이해하지 못했기 때문에 생긴 문제가 아니었습니다.(물론 저는 때때로 그렇게 자기중심적으로 이해하기도 했습니다.) 상대는 저의 말을 이해하지 못하는 것이 아니라 제 말에 설득당해야 하는 이유가 없었던 것입니다. 물론 설득당하는 것이 싫었을 수도 있습니다. 돌이켜보니 낯이 붉어집니다.

오랜 시행착오 속에서 많은 것을 생각하고 중요한 것을 배웠습니다. 제 자신이 얼마나 체득했는지는 알 수 없지만, 대화든 토론이든 무릎을 마주하고 앉아서 무엇인가를 논함에 있어 '틀린 생각은 없다.'는 것을 알게 된 것은 무엇보다 큰 소득이었습니다. 오랜 시간을 돌아서 겨우 깨우치게 되었는데 이제 내릴 시간이 눈앞에 다가왔습니다. 결국 삶이란 이런 것인가 봅니다.

　앞으로도 《mbn 뉴스파이터》가 꾸준히 발전하기를 진심으로
바랍니다.

## • 소매 끝 스치는 인연 •

 

 

 

하루 종일 mbc 《라디오스타》를 촬영했습니다. 콘셉트가 "잡아야 산다!"라고 하니 전직 형사인 제가 초대된 것 같습니다. 물론 '잡는' 것은 제 전공이니 방송을 잘할 수 있을 것이라는 생각도 있었고요.

출연하는 분들도 아마 형사물이나 범죄물에 나오는 배우 분들이 아닐까라는 예상을 하고 있었습니다. 예상이 적중했습니다. 촬영은 영화배우 유오성, 장혁, 가수 이정, 개그맨 윤형빈 씨와 함께 했습니다. 제가 가운데 앉고 양옆으로 두 분씩 앉게 되었습니다. 좌석 배치 때문인지 촬영을 하는 동안에 '이건 뭐지?'하는 느낌과 함께 갑자기 연예인이라도 된 것 같은 기분이 들었습니다. 콘셉트 때문에 제가 출연했으니 그에 맞춰서 일단 최선을 다 했습니다. 사실 사람이 사는 이야기를 나누었으니 그분들이

나 저나 크게 다르지는 않았을 터이지요.

지난 시간들을 돌아보면서 곰곰이 생각해보니 한 가지 일에 집중한다는 이유로 새롭게 시작하는 일에 대해서는 어느 정도 거리를 두었고, 실제로는 엄청나게 바쁜 것도 아닌데 바쁘다는 것을 핑계 삼아 방송 출연도 자제해 왔습니다. 제가 스스로 은퇴를 서두르고 있었지 뭡니까. 그러던 중에 문득 자리에서 물러나는 일은 제가 선택할 수 있지만, 누군가에게 잊혀지는 일은 스스로가 선택할 문제가 아니라는 생각이 들었습니다. 나이를 먹으면서 이마에 적정한 '인생계급장'도 생겼고, 세상의 따뜻함이나 모진 모습도 적지 않게 보고 듣고 겪었으니 무슨 일을 해도 낙제점을 받은 정도는 아닐 겁니다. 방송도 마찬가지라고 생각합니다. 다만 저의 노력 여하에 따라서 평가를 받고 그 결과로 퇴장할 시기가 정해질 것입니다. 다양한 '장르'를 넘나들 만큼 뛰어난 사람은 아니지만 이런저런 방송 프로그램에서 한 사람 몫의 역할은 충분히 할 수 있을 것도 같습니다. 그래서 앞으로는 여력이 닿는 대로 방송에 자주 얼굴을 비출 생각인데 그리 과한 욕심은 아니겠지요.

그런데 특이한 것은 '짬밥'이 쌓인 만큼 방송이 늘 두렵다는 사실입니다. 마치고 나면 그렇게까지 두려워할 일은 아니었는데 어떤 프로그램이건 녹화하기 전 며칠간은 여간 신경이 쓰이는 게 아닙니다. 생소한 것은 생소해서, 전문분야는 실수할까 두려워서 그렇습니다. 사실 그 두려움을 구실 삼아서 그동안 방송을 자제했던 것도 있습니다. 결국 이제부터 용기를 내보는 모양이 됩니다.

그렇게 예능에 출연하게 되었습니다. 그리고 인연이 생긴 것 같습니다. 가수 이정 씨와는 같은 대기실을 썼는데 친해져서 이 다음에 제주도에 가면 연락해서 꼭 만나기로 하고 헤어졌습니다. 신의 섭리에 따라 새로운 인연을 만난 것입니다. 앞으로도 더 많은 인연들을 끊임없이 만나고 헤어지겠지요. 결국 사람이 사는 것은 수없이 만나고 헤어지는 일이니까요. 오늘 하루도 힘내시고 소매 끝 스치는 인연들을 소중하게 생각하는 하루 되십시오!

5부

남들이
뭐라고 생각하든

12월이 지나가니 슬슬 한 해 동안 만났던 이런저런 인연들에 대해서 생각하게 됩니다. 금년에 새롭게 만난 인연보다는 그동안에 있었던 인연들의 부침에 대해 더 깊이 생각하게 되는 것 같습니다. 인연이 아니라고 생각하는 사람마저도 인연이라는 것을 깨닫기까지 꽤 오랜 시간을 보냈습니다. 악연도 선연도 모두 인연이어서 더욱 그렇습니다.

살면서 정말로 힘든 일이 사람을 '버리는' 일입니다. 어느 순간 '정말 이 사람은 아니다. 나이 먹어 가는데 계속 이 사람 만나면서 스트레스 받는 건 바보짓이다.'라고 하면서 관계를 정리하는 일이 있는데, 시간이 지나고 보면 얼마나 후회가 되는지 모릅니다.

우선 스스로가 교만했다는 생각에서 벗어날 수 없습니다. '자신도 세상 속에서 그저 속물스럽게 살아가는 한 인간에 불과하면서 누가 누구를 버린다는 것인지'라는 자책이 들기 때문입니다. 또 우연이라도 그를 만나거나 그와 비슷한 사람을 만날 때마다 움찔할 수밖에 없는 경험을 반복하게 됩니다.

여러모로 불편하고 찜찜한 환경을 조성해서 고통 받을 이유가 없습니다. 그래서 그저 두고 보는 것이고 쉽 없이 계속 설득하는 겁니다. 그러다가 차라리 내가 지치는 게 낫습니다. 저는 대인관계에 서툰 사람과 '나쁜 사람'을 구분할 필요가 있다고 생각합니다. 이 일과 관련해 돌아가신 아버지께서 언젠가 친구 때문에 고민하던 제게 해 주신 말씀이 있습니다.

"뭐, 네가 끝냈다고? 아닐 걸. 이미 오래 전에 그 사람이 너를 먼저 끝내 두고 만나주었는지도 모르는 일이야." 그러면서 "사람은 지그시 지켜볼 줄 알아야 된다."라고 하셨습니다. 아버지의 말씀 때문인지 저는 사람과의 관계나 관계의 정리에 대해 여전히 고민하며 살고 있습니다. 다만, 제 인생에서 단 2명은 제외합니다. 오늘 문득 드는 생각입니다. 제가 고민하고 있다는 증거이겠지요?


죽을 만큼 사랑했던 사람과

모른 체 지나가게 되는 날이 오고

한때는 비밀을 공유하던

가까운 친구가

전화 한통 하지 않을 만큼

멀어지는 날이 오고

또 한때는

죽이고 싶을 만큼 미웠던 사람과

웃으며 볼 수 있듯이

시간이 지나면

이것 또한 아무것도 아니다.


〈어느 수도자가 올린 글〉이라고 하는데 "사람은 지그시 지켜볼 줄 알아야 된다."는 아버지의 말씀과 겹쳐져서 오랫동안 머릿속에 남아 있는 글입니다.

제가 보기보다 성격이 까다로운 편이라서 사소한 것도 소홀히 지나는 법이 없습니다. 덤덤하게 살 나이도 되었건만 꼭 맞추는 것을 아직도 고집하고 있습니다. 이른바 '통일'하는 것을 좋아하는 겁니다. 젓가락 길이 맞추기, 낚시터에 가면 낚싯대의 찌 높이 맞추기, 손수건과 양말의 색깔 맞추기 등 강박처럼 '맞춤'을 요구하는 습관이 일상에 배어버려서 사실은 불필요하게 스트레스를 받고 있다고 볼 수도 있습니다. 아마도 천편일률적으로 머리를 깎고, 교복 입고, 제식훈련을 마스터한 저와 비슷한 세대 대한민국의 남성들이 지닌 문제가 아닐까 싶기도 합니다. 다른 이들과 마찬가지로 저도 주어진 환경 속에서 그저 묵묵히 성실하게 열심히 살았습니다. 때로는 인정을 받은 적도 있습니다. 물론 인정을 받지 못할 때도 많았지만요. 그게 뭐라고 그렇게 제 자신을 들볶았을까요.

가끔 제3자의 시선으로 저와 제 주변을 돌아보면 우리들은 단지 정해진 길을 따라 목적지에 도착한 삶이라는 생각이 듭니다. 정해진 길을 따라 계속해서 나아가기 위해 자신의 부족한 부분을 찾고 이를 개선하기 위해 끊임없이 노력했습니다. 이런 행동이 좋을 수도 있지만 그렇지 않을 수도 있습니다. 어디론가 계속해서 나아가지 않으면 게으르고 뒤쳐진 것으로 간주하는 시대적 분위기 속에서 삶의 의미를 생각할 여유가 없었거든요.

《보이는 것은 실재가 아니다》라는 책에서 물리학자인 카를로 로벨리가 "더 멀리 보세요. 세계는 끝이 없고 무지갯빛입니다. 우리가 불안정과 불확실 속에 있다는 사실이 삶을 헛되고 무의미한 것으로 만들지는 않습니다. 오히려 삶을 더 소중한 것으로 만들죠."라고 쓴 부분을 읽었습니다. 카오스 속에서 갈구하는 희망처럼 단단하고 빛나는 것은 없다고 합니다. 불안정과 불확실이라는 혼돈 속에서 희망을 찾는 일에는 절대로 공식이 적용될 수 없습니다. 늦었지만 '풀어버리는' 질서도 습득해 보려 합니다. 내려놓기만큼이나 풀어버리기도 제게는 화두입니다. 다소 허술하고 느슨해도 그게 아주 보기 싫지 않으시면 어여삐 여겨 주시면 좋겠습니다. 일부러 엉성해지면 안 되겠지만, 한 잔 술에 취해서 길거리에서 마주 오는 차에 장풍을 날리는 모습만 보이지 않는다면 이해해 주실 만하지 않을까요. 이 타이트한 세상에서 "마음이라도 풀고 살아보기!"라는 저의 목표를 이루는 날이 올지는 모르겠습니다.

무슨 이유 때문인지는 뻔하지만 간절기가 사라진 건 확실합니다. 중간이 없는 양극단의 세상은 삭막해서 살아가기 힘든데 날씨마저 양극단으로 치닫는 '참극'을 조성하는 것 같아 안타깝습니다.

JTBC《세계다크투어》출연을 앞두고 작가님과 인터뷰가 있었습니다. 저는 강력사건에 대해 전문적이라고 생각하는데 이번에는 보이스피싱과 관련된 주제를 제게 맡기고자 하는 것 같습니다. 지나고 보니 제가 꽤 많은 사건을 취급한 것은 맞습니다. 경제팀, 지능팀, 청소년 범죄 등 다양한 부서를 거쳤습니다. 그렇게 길지는 않았던 다양한 부서에서의 경험들이 오늘날 제가 자리를 잡는데 어느 정도 도움이 되고 있습니다. 일단 할 때는 죽기 살기로 열심히 했고 성과도 꽤 올렸거든요. 언젠가는 강력 파트로 돌아갈 것이라고 생각했지만, 거기까지 가는 과정에서 '약간은 우회를 해도 괜찮지 않을까?'라는 생각으로 임했습니다. 범죄라는 것이 일맥상통하는 부분이 있어 이런 경험에 대해 후회는 없습니다. 심지어는 과학수사가 미진하던 시기에는 시신의 검시나 지문 채취까지도 직접 했는데 지나고 보니 정말로 엄청난 경험이었습니다. 요즘 후배들은 직무가 세분화되어 자신의 분야에만 집중하면 되니 전문성이 강화된 것은 사실이지만, 사건의 종합적인 판단에서는 약간의 부족함이 있을 것도 같습니다.

사실 수사는 종합예술과 같아서 다양한 경험과 지식이 필요합니다. 후배들이 자신의 전문 분야에서 잠시 떠나 있어도 자신의 직무와 무관하다고 생각하기보다는 모두가 연관되어 있다는 생각으로 좀 더 열성적으로 직무에 임했으면 좋겠습니다. 세상을 살다 보면 내 것과 네 것의 구분은 반드시 필요할 때도 있고 남의 '밥그릇'을 기웃거리지 않는 것이 당연한 일입니다만, '사건'을 다룰 때만큼은 좀 다르게 접근해도 괜찮을 겁니다. 하나의 사건을 대할 때 거기에 동원된 구성원 모두가 자신의 임무를 수행하는 것은 너무나 당연합니다. 그리고 유사시에는 동료의 '짐'도 나누어 짊어질 수 있어야 한다고 생각합니다. 우리의 목적은 오직 하나이니까요. 수사는 무엇보다 피해자의 억울함을 풀어주는 작업이잖아요.

저녁에 탁구장에 가니 이미 와서 탁구를 치고 있는 분들이 많았습니다. 특히 새로 온 회원도 있고 분위기가 좋아서 흡족한 마음으로 농담을 하며 라켓을 가지러 가는데 제 발 앞으로 공이 굴러왔습니다. 얼른 집어서 새로운 신입 회원으로 보이는 여성에게 토스를 하듯 던져 주었는데 받지 못했습니다. 재차 주워서 다시 토스 형태로 공을 주고 돌아서는데 그 여성이 토스한 공은 받지 않고 저를 째려보는 겁니다. 한눈에 봐도 감정이 실린 눈빛으로 저를 보기에 "왜 그러느냐?"고 물었더니 "왜 공을 던져주느냐?"고 따지는 것이었습니다.

황당했습니다. 탁구장에서 공을 주워서 토스해주는 것 자체가 매너이고 고마워해야 하는 일인데 던져주었다고 따지고 째려보다니요. "탁구장에서 타인이 치다가 굴러온 공을 누가 집어서 들고 가서 정중히 전달을 하느냐? 누구나 던져준다. 그것도 무슨 야구공 던지듯 주는 게 아니고 쉽게 잡을 수 있도록 토스해 주었는데 응당 고맙다고 해야 맞는 것이다."라고 했더니 결국은 "누가 주워달라고 했느냐?"고 따지는 것이었습니다.

그 말을 듣고는 비로소 참았던 화가 폭발했습니다. 게다가 주위 사람들 이야기하는 소리를 들어보니 여성은 중학교 3학년 '여자아이'였습니다. 아이들이 너무 빨리 성숙하다보니 제가 처음에 성인으로 착각했던 거지요. 그냥 지나가기에는 너무 어리다는 생각이 들었습니다. 그래서 "진짜 버릇이 없구나. 선의를 고맙다고 하는 것은 고사하고 오히려 째려보며 시비를 걸다니……."라고 한마디 했더니 들고 있던 라켓을 탁구대에 집어던지고는 탁구장 밖으로 나가버렸습니다. 아, 탁구장을 나가기 전에 모든 상황을 지켜보면서 어이없어 하는 사람에게도 "왜 쳐다보느냐?"고 하면서 시비를 걸기도 했습니다. 저와 그 사람은 같이 탁구를 치다가 처음 온 사람에게 공을 주워주는 호의를 베푼 '죄'로 너무 황당한 꼴을 당한 것입니다. 그것도 중학교 3학년 여자아이에게 말입니다.

그 아이가 탁구장을 나간 후에 여러 사람이 요즘 '중딩'들이 그렇다고 하는데 저는 아니라고 봅니다. 저는 그 아이가 인성교육을 제대로 받지 못한 특별한 경우라고 생각합니다. 부정적인 아이들 몇몇이 부각되며 '중딩들' 운운하는 것일 뿐, 절대다수의 아이들은 그 나이에 어울리는 천진함과 순수함으로 사랑스러울 것입니다. 하여튼 가정교육, 인성교육, 예의, 대화의 기술 등이 정말로 중요한 것 같습니다.

가장 불쾌한 순간은 선의를 곡해당할 때입니다. 제가 꽤나 예민한 성격이라서 그날은 탁구를 치는 내내 불쾌했습니다. 이제는 탁구장에서 타인의 공을 주워주지도 말아야 되는 것인지, 아이들의 잘못도 못 본 척해야 하는 것인지 정리되지 않은 생각들이 탁구공처럼 이리저리 튀어 오르는 순간이었습니다.

# •이런 걸 주제 넘는다고 하나요?•

아침에 차를 타기 위해서 걸어가다가 땅바닥에 '주욱' 널려 있는 나사못을 발견했습니다. 우연히 누군가 떨어뜨린 것이라고 하기에는 그 수가 적지 않아서 '일부러 나사못을 뿌린 게 아닌가?'하는 의심이 들 정도였습니다. 제 차는 멀찌감치 떨어진 곳에 주차되어 있었기 때문에 신경 쓰지 말고 그냥 갈까 하는 생각이 들었습니다. 이제는 몸도 별로 좋지 않고 특히 허리가 아파서 허리를 구부린 상태로 작은 나사못을 주워야 한다는 것이 탐탁치 않았지만, 그냥 지나가는 것은 아니라는 생각이 들었습니다.

하나씩 줍다 보니 생각보다 나사못이 많아서 한참을 그렇게 하고 있는데 뒤에서 갑자기 '빠앙'하는 소리에 깜짝 놀라고 말았습니다. 아마도 어서 비키라는 의미인 것 같았는데 그 차가 진행하는 방향으로 아직 나사못이 꽤 여러 개 떨어져 있었습니다. 일단 손짓으로 알았다는 표시를 보낸 후에 차량 앞에 떨어진 나사못 몇 개를 마저 줍고 일어섰습니다. 차가 '쌩'하고 제 곁을 지나가면서 젊은 운전자가 저를 향해 한마디 합니다.

"고물을 이런 데서 줍고 그래. 바쁜 출근 시간에."

제가 미처 무슨 말을 할 사이도 없이 사라져버린 차를 보며 '이렇게 사는 게 잘못된 것인가?'에 대해 한참을 생각했습니다. 누군가 걱정이 되어서 조언을 하면 오해하고 곡해하여 비난하는 현실도 그렇고, 스스로 알아서 잘해 보겠다고 나설 필요까지는 없는 것 아닌가 하고 말입니다.

그래도 한참 동안 주운 거의 한손 가득 되는 나사못을 들고 사무실로 왔습니다. 아무래도 이런 날에는 운전을 하지 않는 것이 좋을 것 같다는 생각이 들어서 전철을 이용했습니다. 정말 이렇게 사는 게 잘못된 것일까요?

　세월이 쏜살같다더니 정말로 빠릅니다. 유튜브 《사건의뢰》에 일주일 내내 매달리다 보니 다른 일을 생각할 겨를이 없습니다. 방송 주제를 선정하고 자료를 찾고, 보도 내용도 확인하고, 가능하면 담당 형사였던 분을 찾아서 궁금한 부분을 인터뷰하는 방식으로 준비를 합니다. 정확하게 팩트 체크를 하는 과정이지만, 손도 많이 가고 발품도 꽤 팔아야 합니다. 그래도 이런 준비 과정이 있어서 《사건의뢰》가 지금 구독자 50만 명을 바라보고 있지 않을까 싶기는 합니다.

　한 주간 방송을 준비했던 저로서는 녹화를 하는 날이 '작품'을 발표하는 날입니다. 이제는 익숙해질 만도 한데 매번 노심초사입니다. 이왕 하는 것 잘하고 싶고 내용은 물론, 내용의 전달까지도 잘 이루어져야 하니까요. 마치 지난 한 주간의 제 삶을 평가받는 기분이 들기도 합니다. 일주일 내내 준비한 내용을 가지고 새 작품을 내놓는 심정으로 녹화를 마치고 나면 일주일 내내 구독자분들의 평가를 받을 것이고 또 일주일 내내 다음 주의 내용을 준비하면서 분주할 것입니다. 혹자는 이제는 이력이 나서 편하지 않느냐고도 하는데 그건 잘 모르고 하는 말입니다. 오히려 시간이 갈수록 압박감이 커지고 부담도 늘어갑니다. 혹시라도 적당히 혹은 느슨해지고 부실해졌다거나 매너리즘에 빠져 식상하다는 평가를 받을까봐 여간 신경이 쓰이는 게 아닙니다. 조금은 서툴러도, 완전하지는 못하더라도 최선을 다하는 모습만큼은 반드시 보이자는 것이 제 결심이고 의지입니다. 시간이 지날수록 체력이 달린다는 것을 분명히 느낄 수 있지만, 아직은 갈 길이 멀고 때가 아니라고 생각해서 의지만큼은 단단합니다. 최선을 다해서 뭔가에 매달리다 보면 땀의 흔적은 남으니까요.

이 세상의 그 어떤 결과도 공짜로 얻어지는 일은 없습니다. 노력한 딱 그만큼의 결과를 거두게 된다는 것은 불변의 진리가 아닐까요? 그래서 저는 머리 좋고 똑똑한 사람, 배경이 좋은 사람, 돈 많은 사람은 두려워하지 않습니다. 제가 가장 두려워하는 사람은 나보다 '부지런한 사람'입니다. 줄기차게 이어지는 부지런함이 궁극적으로 승리한다는 것은 검증된 공식입니다. 그것이 무엇보다 부지런해야 하는 이유이기도 합니다. 부지런해야 어떤 결과가 나오든 그 결과에 대해서 후회가 덜 되기 때문이기도 하고요. 지금 저보다 부지런한 사람을 이길 수 있는 방법은 제가 그 사람보다 부지런해지는 것인데 그게 쉽지 않습니다. 그래서 제 승복의 기준은 '부지런함'입니다. 나보다 부지런한 사람에 대해서 적개심을 품거나 라이벌 의식을 가지는 사람처럼 어리석은 사람은 없으니까요.

그리고 제가 두려워하는 사람이 부지런한 사람이라면 제가 존경해 마지않는 사람은 남을 위해서 봉사의 삶을 사는 사람입니다. 저보다 부지런한 사람은 제가 절대 이길 수 없어서 두렵고, 남을 위해 봉사하는 '성자의 삶'을 사는 사람은 제가 흉내조차 낼 수 없는 일을 하시는 분이어서 마냥 존경할 뿐입니다.

모 방송국에서 출연자 대기실에 앉아 있는데 같이 출연하기로 했던 과거에 정부의 고위직을 역임했던 분이 씩씩거리며 대기실로 들어왔습니다. 자리에 잠시 앉더니 무언가 분이 풀리지 않았는지 전화를 거는 데 상대는 그 프로그램 작가나 피디로 보였습니다. 내용은 '그 사람 당장 모가지를 날리세요. 안 되면 내가 사장에게 직접 이야기할 테니까…….'라고 하는 것이었습니다. 저도 무슨 일인지 궁금해서 그분이 하는 말을 들어보니 '방송에 출연하기 위해 자주 이 방송국을 방문하는데 방문할 때마다 보안요원이 신분증 검사를 해서 불쾌하다. 그래서 오늘 자신이 한마디 했고 보안요원의 태도에 몹시 화가 난다. 그러니 그 보안요원을 해고해라. 그렇지 않으면 자신이 사장에게 전화해서 이일을 처리하겠다.'는 것이 통화 내용의 요지였습니다. 순간 충격을 받았습니다. 저는 물론이고 다른 패널분들도 꼬박꼬박 신분증 제시하면서 오랜 시간 그 방송국의 프로그램에 출연하고 있었기 때문입니다.

그분은 나름 권력기관의 2인자까지 지냈고 주변의 평판도 나쁘지 않아 늘 대단한 분이라고 생각했는데 실망이 이만저만이 아니었습니다. 어디 함부로 남의 숭고한 직업에 대하여 특별한 대우가 없다고 '모가지를 치라.'는 표현까지 쓰면서 강짜를 부린다는 것입니까. 잘못도 없는 전화 상대방이 쩔쩔 매며 주의를 시킨다는 말에 폭발하고 말았습니다. 주제넘게 참견을 하게 되었습니다.

"남의 모가지를 함부로 자르라 마라 하는 건 도리가 아닌 것 같은데요."

깜짝 놀라 저를 쳐다보던 그분의 눈빛이 지금도 기억납니다.

'별 웃기는 놈이 다 있네. 겨우 경찰 출신 따위가…….'라는 표정이었습니다.

그 이후의 일은 생략하겠습니다. 그날 이후로 그분과는 서로 인사도 건네지 않는 사이가 되었습니다. 그 사람의 인격은 그가 얼마나 성취했는가가 아니라 다른 사람에게 보여주는 이해심과 존중의 태도에서 드러난다고 합니다. 현직에 있을 때 툭하면 제게 '모가지를 자르겠다.'는 분들을 꽤나 겪어서 면역이 된 줄 알

앉는데 나중에 생각해보니 그게 저의 가슴속에 분노로 켜켜이 쌓여 있었던 모양입니다. 자신과 가족을 위해서 직분에 충실하면 그 일이 무슨 일이건 숭고하지 않은 건 없습니다. 직무에 충실한 것으로 비난을 받을 이유는 전혀 없습니다. 어디서 무슨일을 하건 우리가 당당할 수 있는 이유인 겁니다. 개인적으로는 돈벌이가 부정적인 의미로 쓰이는 것은 유감입니다. 열심히 벌고 또 일부라도 나보다 힘없고 약한 사람들을 위해서 기꺼이 내놓을 수 있다면 그게 행복한 것 아닐까요? 저는 그렇게 살겠습니다.

## • '어떤 게 잘 사는 건지?' •

쓰레기 분리를 하던 중 40대 남성이 박스와 비닐을 구분하지 않고 버리자 경비아저씨가 그러면 안 된다고 했습니다. 지적을 받은 남성이 손가락 몇 번만 움직이면 해결되는 일이었습니다. 그런데 그 남성은 그게 아니었습니다.

"아저씨가 하면 되지 뭘 그런 걸 지적하시느냐?"며 얼굴에 노기를 표시합니다. 나아가 "그런 거 하라고 월급 주는 것"이라고 한마디를 덧붙입니다. 움찔한 경비아저씨가 뭔가 말을 하려다가 포기하고 대신 쓰레기를 분리하기 시작 합니다. 그냥 와도 될 걸 저는 꼭 참견을 하는 게 문제입니다.

"아저씨, 쓰레기 분리수거는 경비아저씨의 업무가 아닙니다."

"무슨 소리에요. 어디나 다 경비아저씨가 분리수거를 하거든요."

"원칙적으로 업무가 아닌데 돕는 거지요."

"실질적으로 하는 게 중요한 거지. 그런 원칙이 법에 정해져 있어요?"

"아니, 제 말은 원칙적으로 아니라는 것이고 그건 알고 있어야 된다는 거지요. 원칙을 알고 있는 것과 그렇지 않은 것은 차이가 있다는 겁니다."

"그게 뭐가 다른데요. 뭐 하러 피곤하게 살아요. 다들 그렇게 하면 그게 맞는 거죠."

더 이상 할 말이 없었습니다. 본인이 어디서 무슨 일을 하는지는 몰라도 변질된 원칙으로 인해 누구에게나 똑같은 불이익 처분이 따를 수 있다는 점을 생각해 보았을까요? 원칙이 깨지고 편법이 성행하면 누가 제일 먼저 피해를 입을까요? 힘 있고 잘 사는 사람들일까요?

할 말은 많았지만 또 얼굴을 붉히고 싶지 않아서 자제했습니다. 이렇게 자제하는 것을 두고 누군가는 '연륜'이고 '슬기'라고 하면서 자책하지 말라고도 하는데 가슴 속에 답답함이 차오르는 느낌이었습니다. 그래서 저도 마지막으로 한마디 하고는 돌아섰습니다.

"아저씨는 지금 편한 대로 사시는 것이겠지만, 아저씨가 무시한 원칙이 흉기가 되어 돌아올지 모르니 조심하셔야 할 겁니다."

경비아저씨는 여기저기 마구 던져놓은 쓰레기를 정리하느라고 여념이 없었습니다. 아파트 현관을 들어서면서 '어떤 게 잘 사는 건지?'라는 것이 고민됩니다. 이 나이가 되어도 여전히 난해합니다.

# • 조금 천천히 뒷사람의 손을 잡고 •

 부모님의 산소에 잡초가 너무 많이 자라서 제초제를 뿌렸습니다. 그럼에도 불구하고 잡초가 제거 되지 않아서 틈나는 대로 산소에 들러서 손으로 잡초를 솎아내면서 잔디가 자라기를 기다리고 있습니다. 그 와중에 지인이 한 번에 잡초를 완전히 제거하는 제초제가 있다며 사용해 보라고 해서 그렇게 했더니 잡초는 완전히 사라졌는데 문제는 잘 관리해서 기르고 싶었던 잔디까지 완전히 사라져버린 것입니다. 결국 부모님 산소가 민둥산이 되어버렸습니다. 수시로 들러서 손으로 잡초를 뽑던 정성을 버리고 한 번에 해결할 수 있는 방법을 찾다가 이런 결과를 맞은 것입니다. 제가 급하게 해야 할 일과 천천히 시간을 갖고 해야 할 일을 구분하지 못해서 맞은 불행한 결과이고, 강력하고 급속한 처방이 불러온 참사였습니다.

모든 것이 빨리 달려가는 세상에서 가끔 느림을 그리워하는 것이 특별한 일은 아니겠지요? 빠른 변화는 언제나 창조와 파괴라는 상반된 두 가지의 얼굴을 함께 가지고 있습니다. 저는 급속한 변화보다는 공생에 의미를 두고 싶습니다. 하지만, 산소를 민둥산으로 만든 다음에 다시 잔디 씨를 뿌리는 게 훨씬 낫다고 생각하시는 분들도 있을 테니 제 생각만 고집할 수는 없지요. 다만 결과에 차이가 크지 않다면 기존의 방법을 따른다고 해서 변화를 거부한다며 배척할 필요는 없다고 생각합니다. 적응이 어려울 정도로 빠른 변화는 많은 낙오자를 만들기 마련이니까요. 저는 조금 천천히 뒷사람의 손을 잡고 함께 갔으면 좋겠습니다.

주변을 잘 살펴보십시오.

혹시 이와 유사한 일들이 일어나고 있지는 않나요?

사라져야 할 것들과 그나마 있어야 하는 것들이 동시에 사라진다면 도대체 누구를 위해서, 그리고 무엇 때문에 변화해야 하는 것일까요?

앞으로 저는 다소 더디더라도 잔디와 잡초를 한꺼번에 모두 제거하는 제초제는 사용하지 않을 생각입니다. 잡초를 솎아낸다는 것을 구실삼아 부모님 산소에 자주 들를 수 있는 것도 좋은 일이고요. 잡초를 뽑으면서 부모님과 옛날이야기를 나누다가 뉘엿뉘엇 황혼이 물들면 터덜터덜 산을 내려와 집 어귀 선술집에서 막걸리 한 잔 하고 귀가할 것입니다.

## • 일상이 된 "내 탓이요!" •

하루는 박동민 피디와 무슨 대화 끝에 툭하면 사표를 던지던 일을 말하다가 정말로 사표를 냈어야 되는 일에 사표를 내지 않고 버틴 일이 떠올랐습니다.

형사반장을 수 년 동안이나 하고 파출소장도 2번이나 역임한 상태에서 그해에도 경위 진급에서 탈락했습니다. 당시에는 경위가 흔치 않았던 시절이어서 경사 계급으로 반장, 파출소장을 하던 시절이었습니다. 형사계에서는 제가 진급하고 나가야 후배들이 기회를 얻는데, 또 탈락하고 나니 면목이 없어 자리를 비우기로 마음을 먹었습니다. 그래서 갈 자리를 찾다보니 소년사건처리반장 자리가 비어 있어서 그곳으로 가기로 했고 특별한 사유가 없는 한 그렇게 옮겨가는 데 문제가 없었습니다. 솔직히 수사능력은 꽤나 인정받고 있어서 아무 걱정이 없었고요. 형사계 직원들도 당연히 그렇게 알고 있었습니다. 밤늦게 인사발령이 났는데 시내 파출소의 부소장으로 가라는 것이었습니다.

눈앞이 캄캄했습니다. 아무리 파출소장이 경위라지만, 경사 10년차로 이미 파출소장을 두 번이나 역임한 사람을 부소장으로 보내는 일은 가혹한 처사였기 때문입니다. 그즈음 새로 온 생활안전과장이 자신의 소속 부서는 자신의 뜻대로 하겠다며 그리 발령을 냈다고 하는데 그건 말이 안 되는 소리이고 누군가의 음해나 방해가 있었던 것이 분명해 보였습니다.

하여튼 그때 사표를 낼까 고민하며 파출소로 출근하니 불과 얼마 전까지 제가 파출소장을 할 때 같이 근무하던 직원이 서 너 명 있었습니다. 사표를 써서 주머니에 넣고 다녔는데 선뜻 제출하지는 않고 대략 한 달이 지났을 무렵 본서에서 소년사건처리반장 자리가 비었다며 '보근' 형태로 근무를 하겠느냐는 제의가 왔습니다. 저 대신 그곳으로 발령이 났던 반장이 문제가 있어서 자리를 비우게 된 것입니다. 생활안전과장에 대한 불만이 있었으나 못이기는 척 그곳으로 가서 근무를 했고 실적도 늘 상위권을 유지하다가 다시 형사계로 발령이 났습니다.

그때의 설움도 경위로 진급하며 까맣게 잊었습니다. 그 후로도 진급을 지속하여 마지막을 수사과장으로 저의 32년 경찰 생활을 정리했으니 그때 사표를 내지 않은 것은 결과적으로 잘한 것 같습니다. 그런데 퇴직 후 우연한 기회에 당시 파출소 부소장으로 가게 된 이유를 듣게 되었습니다. 저와 같이 형사계에서 근무했던 선배 두 명과 그때 생활안전과장이 동기인데 발령 직전에 생활안전과장에게 찾아가서 엄청나게 '좋은 놈'이라고 조언을 했다고 합니다. 그들은 형사계에서 같이 근무하던 선배들인데 늘 진급이 저보다 늦다보니 저에 대한 질투도 있었고 특히 그때 횡행했던 "누구 좀 봐줘!"가 절대로 통하지 않아 감정이 많았던 것입니다. 두 명 중 한 명은 이미 이 세상 사람이 아닙니다. 나머지 한 사람도 인연을 끊은 지 오래입니다. 그 과장은 이후 같이 근무할 기회가 주어지며 상당히 잘 지냈으나 뒤늦게 이 사실을 알고 나니 보고 싶지 않아 만나지 않고 있습니다. 위기와 고통의 순간이 많았으나 그때가 가장 힘들었던 시기였습니다.

그런데 요즈음 곰곰이 생각해보니 제게도 문제가 있습니다. 선배들이 음해를 하도록 처신한 것도 문제이고, 청탁이 있어도 슬기롭게 거절을 했어야 되는데 너무 비리에 물든 직원들이라는 고정관념으로 빈정거리거나 무시했던 겁니다. 또 경사 계급을 달고 있으면 경위 아래에서 부소장으로 일을 시킨다고 해서 섭섭할 이유가 없는데 파출소장을 했던 것을 경력이나 자존심으로 알고 분노했던 겁니다. 그것도 계급이 외부로 표시되는 제복 공무원이 말입니다.

앞으로 어떤 태도를 취해야 할지 고심해 보겠습니다. 만나야 되겠고 말해야 하며 결국 사과를 해야 되지 않을까요? 나이가 들어가니 "내 탓이요!"가 일상이 되어 갑니다. 잘 살고 있는 걸까요?

제가 오랜 시간 동안 형사반장과 팀장을 하다가 승진하여 수사과장으로 발령이 나고 한참 후 아는 지인과 식사자리를 가졌을 때의 일입니다.

"요즘 너는 잘하고 있는 것 같아?"

"응. 최선을 다 하고 있는데, 왜?"

"그래? 여전히 직원들과 형님, 동생하면서 현장을 뛰는 거야?"

"뭐, 그렇지. 당연히 그래야 되는 거 아니야. 왜?"

"이제는 좀 변해야 되지 않을까? 사람은 그 위치에 어울리는 역할과 처신이 있거든."

"그게 무슨 말인데? 쉽게 말해봐."

"동료들과 같이 지내면서 형님, 동생 하는 관계는 가슴으로만 갖고 이제는 너희 과 전체를 봐야지. 형님, 동생하면서 지내던 시절은 잊어야하지 않겠어. 전에는 구성원이 겨우 7명이었던 팀의 팀장이었다면, 이제는 구성원이 100명이나 되는 조직의 책임 자니까. 네 생각에는 검증되었다고, 잘 한다고 확신하고 일을 맡기겠지만, 반드시 그렇지는 않아. 네가 잘 모르는 능력 있는 '전문가'가 그 조직에 있을 수 있거든. 그리고 동일한 조건이라면 가까운 사람을 배제해야 해. 물론 충분히 이해시키는 과정도 필요하겠지만."

그때는 그 말이 많이 섭섭했습니다. 그런데 지나고 보니, 특히 요즘은 그가 왜 제게 그런 말을 했는지 알 것 같습니다. '끼리끼리'처럼 위험한 생존방식은 없습니다. 한쪽으로 경도된 사고는 별 수 없이 그 사람의 살아온 이력이 사고체계에 고착되어 만들어진 결과물입니다. 세상이 변하고 사람들의 생각과 추구하는 이상이 달라졌다면 과거에 연연해하지 말아야겠죠. 평생 한 조직에서 일하다가 나온 사람이 '친정'에 대해 갖고 있는 단순한 사랑법은 뻔하겠지만, 조직을 벗어나 뜻을 펼치고자 하는 사람은 '골목대장'의 습성을 버려야 합니다. 인간적으로는 아프겠지만, 그것이 원칙입니다. 정말 이제는 좀 변해야 하지 않을까요?

## • 그저 진심과 정성을 다해 •

### - 〈대한민국 살인사건〉 코너 200회를 앞두고

유튜브 《사건의뢰》를 진행한 지 4년을 넘어서 약간 지치기도 하지만, 어느새 거기에 집중하다보니 《사건의뢰》를 중심으로 제 일상이 돌아가고 있습니다. 유튜브 《사건의뢰》와 간간히 출연하는 예능 프로 때문에 오히려 본업이라 할 수 있는 강의와 연구가 부수적인 일로 바뀐 듯해서 약간의 고민이 있기는 합니다. 하긴 그 와중에 책도 몇 권 출간했고 논문도 몇 개 손질하고 있으니 꼭 그런 것만은 아니지만, 그래도 고민스러운 부분이 없지는 않습니다.

제가 진행하는 유튜브 《사건의뢰》의 〈대한민국 살인사건〉 코너가 어느새 200회를 앞두고 있습니다. 200주를 해 왔다는 뜻입니다. 200회는 무엇을 할까 고민한 적이 없었는데 염건령 교수가 방송 중에 의미를 부여하면서 은근히 고민이 되기 시작했습니다.

이것저것 찾아보고 특별한 무언가가 있을까 확인했지만, 역시 아니라는 생각이 들었습니다. '살인사건'에 특별하다거나 그렇지 않다는 것이 어디 있겠습니까? 살인을 하는 인간은 어떤 경우라도 용서할 수 없고 억울하게 죽음을 맞이한 피해자에게도 차등이 있을 수 없기 때문입니다. 의미를 부여한다는 것이 엄청난 실례가 될 수 있다는 생각이 들었습니다.

제가 살인사건을 방송하는 궁극적인 이유는 범죄예방이고 이에 더해 사람들의 주의를 환기하고 범인은 반드시 검거된다는 경고를 전하는 것입니다. 나아가서는 피해자의 아픔을 느끼자는 의도도 있고 생명 존중에 대한 고찰의 의미도 있습니다. 몇 사람에게든 손톱만치라도 도움을 준다면 만족합니다. 그래서 제가 《사건의뢰》를 진행하는 날까지는 그저 진심과 정성을 다하고 최선을 다하여 매회 방송 자체가 의미가 될 수 있도록 하겠습니다. 그것이 우리 방송의 "범죄 없는 그 날까지 달린다."는 목적에도 부합하는 일이 테니까요.

# • '꿀벌'처럼 두려워하지 말고 •

문득 예전에 근무했던 중앙경찰학교 시절이 생각났습니다. 중앙경찰학교에서 교수요원으로 재직 중인 후배님이 어렵게 사이버범죄 강의과정을 만들었다고 하면서 우여곡절이 있었다는 글을 올렸는데 충분히 이해가 되었거든요.

저 역시 교수요원으로 재직 중이던 2005년경 프로파일러 과정을 건의하고 심한 비난에 시달렸던 기억이 있어서입니다. 그래도 결국 대한민국 최초로 프로파일러 과정이 신설되었고 15명을 선발하여 소정의 교육과정을 이수한 후에 오늘날 일선에서 맹활약하고 있지 않습니까?

지나고 보니 정말 잘한 일이었습니다. 물론 적극적으로 지지하고 관철시켜준 많은 분들의 빛나는 결단이 있었기 때문에 가능한 일이었습니다. 하나 더 보태면 교수요원의 자격요건 중 경위 이상이라는 부분에서 경사 이상으로 기준을 바꾼 일입니다. 그 역시 제가 했다고는 할 수 없지만 적극적으로 의견 개진을 했습니다. 공식적인 자리이건 사석이건 틈만 나면 "중앙경찰학교는 경찰의 산실이다. 순경부터 시작하는 거의 전부인 경찰관들의 모교이며 고향인데 왜 선배인 중앙경찰학교 출신인 경사들이 후배들을 가르칠 수 없도록 경위 이상으로 제한을 하느냐? 더구나 한창 실무가 절정인 경사는 교육생들의 실무 능력 함양을 위해서는 누구보다 적격자이다. 경위로 임관하는 경찰대학이나 간부후보생 과정에는 불편할 수 있으나 순경을 배출하는 중앙경찰학교에서는 아무 이유가 안 된다."고 말했습니다.

결국 중앙경찰학교 교수요원 자격이 경사 이상으로 바뀌었고 후배들 교육에 매진하는 경사급 교수요원이 많습니다. 말씀드리다 보니 잘난 척이 되어버렸습니다. 그래도 잘했다는 생각이 들어서 이렇게 적어 봅니다. 그 후배님의 글을 보면서 중앙경찰학교 시절에 제가 제자들에게 항상 했던 '꿀벌 이야기'가 생각이 났습니다. 꿀벌은 태생적으로 몸통은 크고 뚱뚱한데 비해 날개는 너무도 작고 볼품없기 때문에 제대로 나는 것이 쉽지 않다고 합니다. 역학적으로 꿀벌의 작은 날개는 양력, 즉 물체가 뜨는 힘을 충분히 받을 수 없기 때문에 비행은커녕 그냥 떠오르는 것조차도 굉장히 어렵다는 것이죠. 그럼에도 불구하고 꿀벌이 비행할 수 있게 된 이유는 불리한 조건에도 불구하고 자신의 몸에 날개가 붙어 있으니 당연히 날 수 있을 것이라는 생각과 함께 열심히 날갯짓을 했기 때문이라고 합니다. 꿀벌은 그렇게 날 수 있게 되었다는 것입니다.

우리의 삶도 비슷합니다. 내가 가진 '날개'가 작고 부족하고 볼품없어 보일 수도 있습니다. 모두 저마다의 약점과 단점을 가지고 살아가는 것이지요. 하지만 꿀벌이 그 먼 거리를 비행할 수 있는 것은 대단한 날개를 가져서가 아니라 날갯짓을 멈추지 않기 때문입니다. 그 약점과 단점을 어떻게 생각하고 극복하느냐에 따라 우리의 삶은 완전히 달라질 수 있습니다. 꼭 필요한 일은 어떻게든 해야 하고 과정에서 누군가의 우여곡절이 따를 수밖에 없습니다. 결국 소신과 가치 추구의 문제가 되겠지만, 후회하지 않으려면 엊그제 그 후배님이 앞으로도 '꿀벌'처럼 두려워하지 말고 자신의 뜻을 펼쳤으면 좋겠습니다. 저는 그런 후배님들을 자랑스러워할 준비가 되어 있습니다.

# • '사상누각'과 같은 인연 •

연휴를 보내면서 많은 사람들을 만나게 되었는데 제가 나름 느낀 점이 있습니다. 제가 만난 사람들은 크게 세 부류로 나누어졌습니다. 아주 오랜만에 만나도 며칠 전 만났던 것 같은 사람, 늘 마주치면서도 거리가 '오만 리'는 되는 것처럼 느껴지는 사람, 그리고 이런 저런 별다른 느낌이 없는 사람이었습니다.

저도 누군가에게는 이 세 부류 중의 한 사람일 것입니다. 그런데 이런 것들에 대해 지나치게 연연할 필요가 없더라는 겁니다. 지금 현실에서 만나고 있는 사람들, 필요에 의해서 같이 활동하는 사람들, 주어진 환경이나 조건 때문에 마주하는 사람들은 그냥 그대로의 영역에서 존중하는 정도로 더 이상 바랄 것이 없다는 것입니다. 그들은 인생이라는 여정의 '패키지여행'에서 만난 사람들과 같습니다. 여행기간 중에는 매일 보고, 같이 밥 먹고,

하루의 시간을 대부분 함께 보내며 대화를 나누다보니 엄청 가까운 사이인 것처럼 느껴지지만, 인천공항에 내려서 인사를 하고 나면 그걸로 까맣게 잊히는 존재들이니까요. 패키지여행에서 만난 것 같은 사람들 때문에 마음 상하고 마음 아파할 필요는 없습니다. 그들과의 관계는 '사상누각'과 같아서 언제든 쉽게 무너져버릴 수 있음을 진즉에 알았어야 했습니다. 사상누각, 즉 모래 위에 세운 집은 기초나 근거가 아무것도 없는 상황을 가리키는 말입니다. 따라서 기대할 바도 없고 실망할 것도 없는 인간관계가 '사상누각'이 아닐까요? 오다가다 여차저차해서 만난 사람들에 대해서 크게 기대하는 일은 없어야 합니다. 그랬다가는 그들로 인하여 상처를 받는 날이 오기도 하니까요. 물론 예외가 왜 없겠습니까만 거의가 그렇다는 뜻입니다. '사상누각'과 같은 인연, '패키지여행'에서 만난 인연 때문에 감정을 소비하고 아파하면 아파하는 사람만 손해입니다. 이렇게 만나는 사람들이 어찌 오랜 세월 뱃속까지 드러내며 지내온 '죽마고우'와 비교가 되겠습니까? 그건 당연한 것입니다.

인연의 소중함만 알았지 결론이 너무나 뻔한 인연에 대한 고찰이 없었던 점을 약간 후회합니다. 오늘이 그런 날입니다.

6 부

· · · · · · · · · · · · · · · · · · · ·

## 마주하고 있는
## 생각들

· · · · · · · · · · · · · · · · · · · ·

## • 가구를 버리며 •

  집수리를 마치고 내친김에 아내가 묵은 가구 정리에 나섰습니다. 저는 아내를 도와 가구 몇 가지를 내다버렸습니다. 어제는 자그마치 30년 된 안방 화장대를 처리했습니다. 향나무 가구 세트의 일부분입니다. 안방에 있는 향나무 장롱은 아직 건재하지만 내년쯤에는 붙박이장으로 교체할 예정입니다.

  정리하고 있는 가구들은 자그마치 30년 전인 1992년 이 아파트에 처음 입주할 때 마련한 것들입니다. 그때 제 나이는 36세였습니다. 경사 계급장을 달고 폭력반장을 하며 주로 조직폭력배들을 상대하고 있었던 시기입니다. 그때는 정말로 '열혈경찰'이었습니다.

  아무튼 가구들을 내다버리기 전에 화장대 거울을 들여다보면서 그 거울의 역사 속에는 30년 전의 제 모습까지 고스란히 들어 있을 것이라는 생각이 들었습니다. 가끔은 이렇게 애착이 가는 물건이 있습니다. 이런 물건들은 세월이 지나서 기능에 약간 문제가 있어도 버리기가 쉽지 않습니다. 어쩌면 우리는 물건 그 자체의 가치가 아니라 그 물건과 함께 지나온 시간, 그리고 그 시간 속에 있는 자신의 모습이 그 물건에 간직되어 있다는 생각 때문에 버리지 못하는 것일지도 모릅니다. 그래서였을까요? 30년 전의 제 모습을 그대로 기억하고 있는 거울을 버릴 것인가를 두고 마지막까지 망설였습니다. 하지만 비우고 털어서 가벼워지자는 아내의 '명령'과도 같은 의견에 순순히 따르기로 했습니다.

오래도록 같이 했던 물건들이 서서히 떠나갑니다. 그러고 보니 참 오래 살았다는 느낌을 실감합니다. 사람이나 물건이나 오래되면 '교체'를 당하는 것은 순리인가 봅니다. 사람도 물건처럼 아직은 쓸 만한데 식상해서, 유행에 뒤쳐져서 교체가 되는 것이 숙명인 것도 같고요.

그렇지만 물건과 사람은 분명히 다른 점이 있기는 합니다. 스스로 판단한다는 점이 그렇습니다. 결코 쉽지는 않겠지만, 비울 때가 되었다고 생각되면 거침없이 사라져줄 줄 아는 것도 용기가 아닐까요. 제 경우에는 그 타이밍을 잘 잡는 사람들이 그나마 좋은 기억으로 남는 것 같더라고요. 저도 늘 떠날 시간을 저울질하며 현명하게 살아가겠습니다.

어쨌든 오늘은 가구를 버리다가 '열혈경찰' 시절의 추억 속으로 떠나는 시간을 가진 하루였습니다.

법을 찾지도 못한 상태에서 쑥 빠져 버리는 지금의 해결방법이 정말 마음에 들지 않습니다. 혹시 저와 유사한 일을 겪고 있는 분들이 계신가요? 조금만 기다리시면 제가 타개책을 발견하는 대로 알려 드리겠습니다.

　지금까지 '꿈의 대화'였습니다!

느낌 때문일까요? 사람들의 발걸음이 가볍습니다.

오늘은 서초구청에서 강의 녹화가 있는 날이라서 일찍이 집을 나섰습니다. 원래 저는 사람들과 얼굴을 맞대고 진행하는 대면 강의를 선호합니다. 요즘은 코로나로 인해 카메라 앞에 홀로 서서 북 치고 장구 치고 해야 하는데 좀처럼 적응하기가 힘듭니다. 지나고 보니 강의를 하면서 살았던 시절이 행복했습니다. 저는 강의도 강의지만, 무엇보다 젊은 후배들과 같은 공간에서 숨 쉬며 서로의 속내를 나눌 수 있다는 것이 행복했던 것 같습니다. 중앙경찰학교에서 가르친 학생들이 대한민국 방방곡곡에 2만 명 가까이 현직 경찰로 활동하고 있으니 그것도 엄청난 보람입니다. 어쩌면 그래서 방송에 나오는 현직 경찰들의 여러 가지 실수가 저를 속상하게 하는지도 모르겠습니다.

오늘의 강의 주제는 제가 임의로 잡았습니다. 이런 저런 범죄 이론이나 범죄 예방 운운하는 진부한 말을 하고 싶지 않아서 '형사의 삶'으로 정했습니다. 우리 사회의 구성원이자 다양한 직업 중 하나인 '형사'를 중심에 놓고 그들의 실제 생활과 생각 등을 이야기해 보겠다는 의미입니다. 직업인이라는 의미에서 보면 보통의 사람들과 특별히 다를 게 없을 것 같은 형사의 '평범한 삶'을 아주 실감나게 이야기해보려고 합니다. 결국 이런 삶도 있다는 것을 사람들이 좀 알아줬으면 하는 마음입니다.

한동안 손을 놓고 있었던 강의를 다시 하려니 약간의 부담이 없지 않습니다. 어제는 하루 종일 혼자서 비 맞은 중 마냥 중얼 거리며 예행연습을 했습니다. 잘 되겠지요? 원래 자신이 늘 하는 일이 가장 어려운 법입니다.

## • 답은 길을 나서야 나온다 •

 

요즘은 새해가 시작되면 조급하게 출발하기보다는 제자리를 돌아보며 장고를 거듭하게 됩니다. '지금까지의 환경과 여건을 유지할 것인가? 그리고 그 속에서 같은 패턴으로 올해도 갈 것인가? 변화를 준다면 무엇부터 해볼 것인가?'하는 고민이 이어지는 것입니다. 항상 문제는 이 나이에 다시 한 번 새로운 길을 걸어갈 것인지 여부입니다. 묘하게도 어딜 가면 늘 특별한 '기록'을 남기곤 했는데 이제는 이 나이 즈음의 새로운 기록을 만들 것인가에 대한 생각입니다. 걸어가던 길에서 커브를 꺾는 일이 쉽지 않다는 것을 잘 알고 있는데 앞에 펼쳐진 길의 편안함 역시 모르는 바가 아니어서 고민이 더 깊습니다. 인생은 항해이고 역풍이 없으면 항해가 불가능하다는 사실도 알고요. 이 사람 저 사람 만나서 대화하고 넌지시 떠보기도 하지만, 결국은 조속한 시간 내에 스스로 결정을 해야 된다는 사실도 압니다.

이미 알고 계신 분들도 있겠지만, 저는 어떤 일을 시작할 때는 상당히 뜸을 들이는 축에 듭니다. 그런데 일단 정하면 죽이 되건 밥이 되건 갈 때까지 한번 가 보는 스타일입니다. 목표가 정해지면 손톱만치라도 성취가 있을 때까지는 무슨 일이 있어도 포기하지 않는데, 가끔 엄청나게 손해를 보기도 합니다. 그럴 때마다 "젖지 않고 피는 꽃은 없다."라는 신념처럼 간직하고 있는 명제를 돌아봅니다. 애초부터 잘 하는 사람이 이 세상에 어디 있겠습니까. 끊임없는 시행착오 속에서 손가락 마디 굵은 유능한 프레스공이 나오고 모진 풍파 속에서 노련한 어부가 탄생하는 것 아닐까요?

다만 익숙해지되 처음 그 자리에 섰을 때의 설렘이나 각오까지 망각하지는 말아야 한다고 생각합니다. 삶이 매순간 설렌다면 매일매일 행복하겠지요. 하지만 지치고 짜증나고 도망치고 싶었던 때가 지나고 보면 '전성기'였더라고요. 그걸 알고 있으니 투덜대고 궁시렁거리면서도 꾸역꾸역 어디론가 향하는 겁니다. "할 때까지 한다. 그러나 아니라는 생각이 들면 그때가 내릴 때이다. 아니어서 내렸으므로 절대로 후회하지 않는다. 거기에서 멈추는 것도 최선인 것이다."라고 생각하면서 말입니다.

많은 생각들이 교차하고 있지만 장고 끝에 악수라는 말도 있으니 지금 생각하고 있는 문제도 조만간 결정을 내려야겠습니다. 결정을 미루다보니 요 며칠 사이에 부정적인 생각이 꼬리를 물고 기하급수적으로 늘어나는 것을 경험하고 있습니다. 부정적인 생각들이 다른 생각들에 영향을 미치는 일이 없도록 멈추어야 되겠지요. 누구나 하는 걱정이니 이 또한 지나고 나면 훗날 '허허!' 웃으면서 '그땐 그랬어!'라고 할 수 있을까요? 난마처럼 얽힌 삶을 하나하나 풀어가는 과정이 명쾌하기만 할 수는 없겠지요. 답은 길을 나서야 나온다는 사실도 알고 있습니다.

지난주에는 강화도로 낚시를 다녀왔습니다. 아무 생각 없이 강가에 앉아서 곧게 솟구치는 찌를 바라보며 하루를 보냈습니다. 사실 낚시는 출발하기 전이 설레고 행복합니다. 세상사 이치도 마찬가지고요. 익숙하지만 불변의 패턴이 아니어야 기대가 있고 도전의 가치가 있으니까요. 우리 모두는 하루하루를 같지만 다른 무언가를 찾아 헤매고 손톱만치라도 다른 것을 맛보기 위해 질기고 독한 세상을 살아가는 겁니다. 오늘도 따지고 보면 거기서 거기겠지만 조금은 다르지 않을까요?

낮에는 아예 낚시할 엄두도 내지 못하고 밤이 되어 낚시를 시작했는데 감당 못할 정도로 입질을 받았습니다. 붕어와 향어, 가물치까지 덤벼들어서 거의 60여 마리를 낚았습니다. 제 자리로 저수지에 사는 고기들이 총집합한 것으로 보입니다. 결국에는 팔이 아파서 새벽 2시경에 낚시를 '포기'했습니다. 어복 충만한 하룻밤을 보내고 아침에 방생을 했습니다. 한 마리 한 마리 방생하면서 "너는 우리 아내 아프지 않게 해주고, 너는 내 딸 건강한 아이 낳게 해주고, 너는 내 사위 회사에서 인정받게 해주고……."라고 하면서 마지막으로 먼저 귀천한 친구 승길이의 명복도 빌었습니다. 본인이 잡은 물고기를 돌려보내면서 뻔뻔한 부탁을 늘어놨지 뭡니까. 그래도 그 자리에서 생각나는 64명의 이름을 부르고 나니 뭔가 좋은 일을 한 것처럼 뿌듯했습니다. 거침없이 64명의 이름을 부를 수 있으니 아직은 행복한 사람이 아닐까요?

《고독이 나를 위로한다》라는 책에서 마리엘라 자르토리우스는 "외톨이는 혼자의 삶에서도 대가이지만 늘 사람에 대한 호기심을 잃지 않는 적극적인 관찰자"라고 말합니다. 살아가다 보면 가끔씩 우리는 서로 가까이 있다는 사실이 불편하기도 합니다. 하지만, 때로는 너무 멀어져가는 것이 두렵기도 합니다. 아마도 우리의 삶은 혼자여야 하는 자리와 함께 해야 하는 자리 사이를 끊임없이 찾아 헤매는 여정이어서 그럴 겁니다.

어쩌면 낚시는 대화를 할 상대가 없기 때문에 아름다운 여정일 겁니다.

# •정말로 '미운 놈'이 한 명쯤은•

살다 보면 정말로 '미운 놈'이 한 명쯤은 있기 마련입니다. 그 사람이 잘되는 꼴을 보기가 싫고, 또 잘되는 것을 보고 있자니 그 사람이 더 밉습니다. 그런데 어느 순간 그렇게 미워했던 그 사람이 지독한 상황에 빠져 허우적거리는 모습을 보게 되면 처음에는 고소하기도 하고 시원한 것도 같았는데 나중에는 오히려 죄책감이 들었습니다. 남을 미워하는 일이 이렇게도 힘든 것입니다. 미운 놈도 잘못되면 그것이 온전히 내 저주 때문에 그런 것이라 여겨져서 죄책감이 든다는 것입니다. 죄책감은 순전히 자기 혼자서 느끼는 것이지만, 자신을 속이는 방법 같은 것은 없기 때문에 그로 인해 발생하는 어려움 역시 스스로 오롯이 감내해야 합니다. 결과적으로 시원하고 통쾌할 것 같더니 죄책감이 더 큰 것이 타인을 미워하는 일이었습니다. 누군가를 미워하는 일이 누군가를 사랑하는 일만큼이나 힘들다는 말은 틀림없는 진리라고 생각하게 되었습니다.

이제 와서야 옛사람들이 '애증'을 하나의 단어로 묶어놓은 이유를 비로소 알겠습니다. 그래서인지 아무것도 모르고 아무 생각도 없이 본능적으로 눈앞에 보이는 것들을 쫓던 때가 그립습니다. 알면 알수록 자꾸만 부족함을 느끼는 것이 순리라면 차라리 세상 모르고 사는 게 최고의 행복일 것 같습니다. 세상에 나오는 순간이 고뇌의 늪으로 들어서는 것이라고 말하는 이유도 이제 조금은 알겠습니다. 그래서 이 나이쯤 되고 보니 정말로 두려운 것은 저를 위협하는 존재가 아니고 제가 그들을 미워하기 시작했다는 사실입니다. 누군가를 미워하고 증오하는 마음을 품으면 '독'을 만들어야 하고, 저 자신이 그 독을 제조하는 '공장'이 되니 얼마나 해가 되겠습니까. 스스로 다치지 않으려면 타인을 미워해서는 안 되는 것입니다. 그걸 모르지 않는데도 미운 사람이 종종 생겨납니다. 답답한 노릇입니다.

죄를 미워해도 사람을 미워하지는 말라는 흔하면서도 당연한 사실을 지키면서 살아가고 싶었습니다. 그런데 퇴직하고 나서 방송과 강의를 하고 다니면서 마음속에 미움이 싹트고 있으니 당황스럽습니다. 있으면 좋을 감정에다 없어도 좋았을 감정까지 무수한 감정들이 덕지덕지 붙어있는 것이 우리네 삶인 것일까요.

좋은 감정들만 가득했으면 좋았겠지만, 그렇지 못해서 아쉬운 마음이 듭니다. 어떻게든 다잡아 보려 하고 있으니 나아지겠지요?

# •수족관에 갇힌 광어 같은 삶•

　어제 주차장에 차를 주차하고 걸어 나오다가 영업이 부진한 횟집의 가로세로 70×30센티미터 정도 되는 수족관 바닥에 납작 붙어있는 광어 서너 마리를 보았습니다. 죽었나 싶어서 자세히 살펴보니 살아 있었습니다. 오랜 기간 수족관에 있었는지 광어의 몸 여기저기 크고 작은 상처가 눈에 띄었습니다. 눈만 끔벅일 뿐 미동조차 없는 모습이 몹시 지쳐 보였습니다.

　문제는 눈이 마주친 것이었습니다. 그 희끄무레하고 작은 눈이 순간 슬퍼 보였습니다. 그 눈에는 좌절과 절망이 가득했습니다. 저는 수족관에서 유유히 헤엄치는 물고기들의 눈을 들여다보는 습관이 있는데 그날도 무심코 수족관을 들여다보다 그 눈을 마주했던 것입니다. 대체로 싱싱한 '활어'라고 불리는 물고기들의 눈에는 짙푸른 바다가 들어있습니다. 수족관에 갇혀 있지만, 물고기들의 눈이 바다색을 가지고 있는 이유는 여전히 바다 한구석에서 유영하고 있다고 생각하기 때문일 것입니다. 물론 착각일 테지만 말입니다. 그런데 그날 눈이 마주친 광어의 눈에는 바다가 없었습니다. 꽤 오랜 시간 비좁은 수족관에서 생을 연명했는지 '바다'를 잃어버린 눈빛이었습니다. 좌절과 체념으로 가득한 세상에서 납작 붙어 무언가를 기다리는 삶! 저 수족관에 갇힌 광어와 같은 삶은 어떤 것일까요?

흔히 눈은 마음의 창이라고 합니다. 우리들이 보았던 세상과 그 세상에 대한 우리의 마음이 눈을 통해 드러나기 때문일 겁니다. 눈에 그리워하는 '세상'이 없으면 그것은 죽음보다 못한 삶입니다. 걸어서 연구실로 오는 내내 광어의 눈을 생각했습니다.

하루 종일 이것저것에 매달리느라 잊고 있었는데, 간밤에는 광어 꿈을 꾸었습니다. 넓은 바다를 유유히 헤엄치는 광어의 무리와 바다를 닮은 눈을 보았습니다.

## • "Home, sweet home!" •

집수리를 하게 되어 오늘부터는 호텔에서 며칠을 보내야 합니다. 윗집에서 인테리어 공사를 하는 와중에 실수로 배관을 건드려 우리 집 천정에서 물벼락이 떨어졌기 때문입니다. 천정을 수리한 후에 도배까지 해야 할 것 같습니다. 뜬금없기도 하고 조금 뻘쭘하기도 하지만, 아내와 둘이서 호텔에서 머물러야 합니다.

집 근처 호텔에서 생활을 하다 보니 새삼 집이 좋다는 사실을 느낍니다. 우선 몸에 적응되지 않은 침대 때문에 허리가 불편합니다. 아내도 허리에 동전 파스를 잔뜩 붙였습니다. "Home, sweet home!"이라고 사람은 꼭 자신만의 안식처가 필요한 것 같습니다.

이런 때는 분위기 있는 식당에서 식사도 하고 술도 한 잔 하는 게 좋은데 코로나 덕분에 오후 9시부터는 꼼짝없이 입실해야 합니다. 입실 후에는 없는 것이 많아서 여러모로 불편합니다. 그래서인지 집에서 지내는 시간과 밖에서 보내는 시간은 정서적으로 엄청난 차이가 느껴집니다. 언제든지 내가 쉴 수 있는 집이 있고 함께 할 수 있는 가족이 있다는 것이 엄청난 축복이라는 생각이 듭니다. 어서 공사가 끝나고 눈감고 움직여도 머리나 무릎이 부딪치지 않는 집으로 돌아가고 싶습니다.

열심히 욕조에 온수를 담고 있습니다. 적당히 땀을 내고 샤워를 마치면 일과가 시작될 것입니다. 당연한 것이라 여긴 것들이 결코 당연한 게 아니었다는 사실을 깨닫습니다. 소중함의 의미를 소소하게 되새겨 봅니다.

짧지 않은 시간 동안 방송을 하다 보니 뒤늦게 깨닫는 게 하나 있습니다. 세상에 그저 얻을 수 있는 것은 아무것도 없다는 것입니다.

언젠가 제가 범행 동기 부분을 설명하면서 "피해자는 사망했기 때문에 피의자의 진술에 의존하는 경우가 많다. 그때 당연히 피의자는 자신에게 유리한 쪽으로 범행 동기를 밝히게 된다."고 말한 적이 있습니다. 방송 중에 안타까움을 표하면서 피의자의 진술에 의존한다고 간단하게 말하고 지나갔는데, 이 부분에 대해 경찰이 무작정 피의자의 진술을 차용하고 넘어가는 것으로 오해를 일으킨다는 문제 제기가 있었습니다. 맞습니다. 실제로 그렇지는 않습니다. 경찰이 피의자의 진술을 듣지만, 적어도 그 진술이 합리적인지에 대한 검증작업을 진행합니다. 바꾸어 말하면 오로지 피의자의 진술에만 의존하는 것이 아니라는 것입니다. 특히 수사가 진행 중인 사건을 설명함에 있어서는 피의자의 허위진술에 대비하여 다각도의 가능성과 분석을 제기하는 것은 옳고 고무적인 일이나 적어도 판결이 확정된 사건의 범행 동기는 판결문에 단 한줄로 표기되어 있다고 해도 인정해야 합니다. 경찰에서는 피의자 진술의 진위 여부를 여러 증거를 근거로 판단하고 그 조사내용과 증거들을 첨부하여 송치하는 것이고 검사나 판사가 타당성이 있다고 판단하여 범행 동기를 인정하고 적용하는 것이기 때문입니다.

범행 동기는 유무죄와 형량을 결정하는 중요한 요소이기 때문에 쉽게 결론을 내리지 않습니다. 그런데 방송에서 이미 판결이 난 사건을 선정하고 수사 과정을 설명하는 과정에서 디테일을 놓치는 실수를 범했습니다. 아마 사건 담당 수사관들은 분통이 터졌을 것입니다. 더구나 평생을 수사만 한 사람이 그런 태도를 보인 것에 대해서 많이 섭섭했을 것입니다. 판결문이 인정한 범행 동기라면 그 안에 그것을 뒷받침하는 디테일이 있었을 것인데 그걸 확인하지 못한 우를 범한 것입니다. 후배들의 볼멘소리도 듣고 항의성 문자도 많이 받았습니다. 전부 사과를 했고 수용했습니다.

단지 구독자분들에게 논리의 폭을 넓게 제공한다는 생각으로 일선에서 고생하는 후배들의 입장을 무시한 실수를 했습니다. 이렇게 글을 올린다는 것은 두 번의 실수는 없을 것이라는 다짐이고 약속입니다. 판결이 난 사건을 다루는 유튜브 《사건의뢰》의 〈대한민국 살인사건〉은 범행 동기와 관련해서 최선을 다해 판단 근거를 찾아 자세히 설명하고 의혹이 없도록 하겠습니다. 다만 수사가 진행 중인 사건을 소개하고 브리핑할 때는 다양한 의견을 제시해 보도록 하겠습니다. 다시 한 번 그동안의 방송내용으로 상처받고 섭섭했을 수사관들에게 미안함을 전합니다.

제가 유튜브 《사건의뢰》를 진행하던 때의 초심은 명확한 사건의 팩트와 지난한 수사 과정을 통해서 범죄예방과 피해자의 아픔을 전달하는 것에 목적이 있었습니다. 그런데 그 과정에서 어느 한쪽이라도 아픔을 주거나 섭섭하게 해서는 안 됩니다. 많은 자기반성과 깨달음으로 좀 더 옹골차고 모두에게 이익이 되고 도움이 되는 방송이 되도록 해야 하겠습니다. 세상 무엇이든 수많은 시행착오를 거치면서 제자리에 설 수 있다는 것을 새삼 느낍니다.

## • 인간관계에도 적당한 거리가 •

여기저기 장미가 만발하고 있습니다. 5월도 중반을 향해 달리고 있습니다. 저녁 운동을 가는 길에 코끝에 퍼지는 아카시아 향기가 너무 좋아서 한동안 그 자리에 머물렀습니다. 그런데 묘하게도 향기는 나무 바로 아래쪽보다 좀 떨어진 곳에서 더 은은하게 풍깁니다. 좋은 게 있으면 가까이 다가가려는 것이 우리의 본성이지만, 너무 가까워지면 오히려 '거리'가 사라지기 때문에 본연의 질감이 사라지는 것입니다. 좋은 것은 적당한 거리를 두고 느껴야 하는 법이지요. 인생살이도 마찬가지 아니겠습니까?

저처럼 성숙하지 못한 사람이 지닌 가장 큰 문제점은 거리를 두고 지켜보려 하지 않는다는 것입니다. 꼭 다가가서 확인하고 자신의 '소유'로 만들려고 무던히 애를 쓰다가 누군가와의 경쟁에 돌입하고 결국 향기를 즐기기는커녕 그 향기로 인해 일을 망치는 어리석음을 범하고 맙니다. 좋은 것이 있어 내 것으로 만들려고 다가서는 순간, 거짓말처럼 좋은 향기가 사라져버리니까요.

소유하고 쌓아두는 태도 때문에 좋은 것들의 본성이 사라지게 해서야 되겠습니까? 들꽃은 그 자리에 피어 있어야 다른 사람들도 볼 수 있고, 네잎클로버는 있던 자리에 그냥 두면 나와 함께 다른 누군가도 행운을 발견할 수 있으니까요. 조금은 먼 거리에서 보고 느끼는 것이 가장 적당한 것이라는 사실을 깨달았으면 좋겠습니다. 계절의 여왕이라는 5월에 자꾸 사소한 것에 욕심이 동해서 스스로를 피폐하게 하는 것 같아 경계해 보고자 합니다. 사람 관계까지도 욕심은 금물입니다. 사람 욕심도 아주 심각한 욕심 중의 하나이니까요. 좋은 사람은 다른 사람에게도 좋은 사람입니다. 굳이 내가 그의 모든 것을 소유할 필요는 없겠지요. 누군가에게 하고 싶은 말이기도 하지만, 제가 기억해야 할 말이기도 합니다. 아직은 관조하는 삶이 어려운 까닭입니다. 적당히 거리를 두고 보며 다 같이 공유하는 삶의 태도를 생각해보기 좋은 때가 아닌가 싶습니다. 어찌보면 그것이 나누는 것도 되니까요.

## • 완벽한 사람이 어디 있겠습니까 •

어떤 주말에는 기억할만한 여러 가지 일들이 일어납니다. 저는 이번 주말이 그랬습니다. 역사적으로는 미국 대통령선거의 결과가 판가름 난 날로 기록될 것 같습니다. 물론 선거결과에 승복하지 않은 도널드 트럼프 전 대통령이 두 번 죽는 길을 선택했던 날이기도 합니다. 개인적으로는 진행하는 유튜브《사건의뢰》의 구독자 수가 30만을 돌파한 날이었고, 지인 어머님의 병세가 위중했는데 고비를 넘겨 호전된 날이었으며, 늘 행복하게 잘 살았으면 좋겠다고 생각하는 후배가 이혼의 기로에서 다시 잘 살아보는 방향으로 결정을 했던 날이었습니다. 그래서 그날 저녁에는 후배 부부가 운영하는 식당에 가서 장어구이를 안주로 한 잔 하고 기분 좋게 귀가했습니다. 미루어졌던 일들이 한 번에 좋은 방향으로 결과가 나와서 즐겁습니다. 모두 제가 염원했던 일들이었거든요.

　그렇게 행복했던 주말을 보내고 출근하는 월요일인데 길가에는 은행잎이 떨어져 온통 노란 세상이 펼쳐져 있습니다. 은행나무는 지구상의 나무 중 최고로 성공한 나무라고 합니다. 가을을 노랗게 수놓아 사람들에게 잊을 수 없는 풍경을 선사하지만, 그 열매는 악취와 함께 딱딱한 껍질로 감싸여 있고 딱딱한 껍질을 벗기고 나면 다시 엷은 막으로 감싸여 있습니다. 은행 열매를 얻으려는 사람들에게는 이 모든 과정이 번거로울 뿐이지만, 은행나무의 입장에서 보면 종을 보전하기 위한 불가피한 선택이었을 겁니다. 악취와 이 모든 번거로움을 충분히 상쇄하고도 남을 만큼 은행나무가 우리에게 주는 것이 많으니 결코 버릴 수는 없을 겁니다. 아마도 인류가 존재하는 한 함께 가을을 맞지 않을까요?

　사람도 이 은행나무와 마찬가지입니다. 세상에 완벽한 사람이 어디 있겠습니까. 멋있지만 불편한 무엇이 있고 불만스런 것이 꽤 있지만 그 정도는 이해가 가능한 정도이고 그런 것이겠지요. 결국 좋은 것과 나쁜 것을 저울질해서 판단하거나 '그럼에도 불구하고'라고 이해하며 함께 가는 것 아닐까요. 하지만 절대적인 것은 본질적인 '하자'의 존재여부가 될 것입니다. 제가 말하는 본질적인 하자는 뭐 대단한 것이 아니라 단지 사람이라면 가져야 하는 상식적인 것입니다. 최소한의 인간성 같은 것 말입니다. 이

범주에서 벗어나지 않는 정도라면 더불어 살아가는 이웃으로 문제가 없을 겁니다. 아직까지는 저는 그런 사람들 속에서 살아가고 있으니 행복한 사람이라고 생각하며 새로운 한 주, 그리고 새로운 하루를 시작합니다.

　건강검진을 받았습니다. 걱정했던 용종의 조직검사는 문제가
없는데 뜬금없이 당뇨가 경계를 조금 넘었고 고지혈증이 있다고
해서 3개월분의 약을 처방받았습니다. 약을 먹으면서 꾸준히 운
동하고 생활습관을 고치면 된다고 하니 관리를 잘 해야겠습니
다. 술과 담배, 짠 음식과 삼겹살을 좋아하는데다 최근 들어서
는 운동도 거의 하지 않았습니다. 방송준비에 매달려 살고 있으
니 몸에 이상이 없는 것이 오히려 이상할 정도입니다.

　저의 생활 습관에 문제가 있는 터라 고칠 게 한두 가지가 아니
지만, 일단 손쉽게 실천할 수 있는 운동을 시작해 보려 합니다.
사실 건강도 의무라고 합니다. 자기 몸에 대해서도 신의를 지키
지 못하는 사람이 다른 신의를 지키는 것은 말이 안 된다는 겁니
다. 미리 미리 관리하지 않고 있다가 어떤 문제가 눈앞에 닥쳐서

야 허둥대는 것은 나이를 먹어도 변함이 없습니다.

아무튼 체중을 감량하는데 효과가 있다는 하루 1만 보 걷기와 탁구도 다시 시작해 보려고 합니다. 젊어서는 저도 운동 꽤나 한 사람이라서 운동 후에 날아갈 듯한 느낌은 잘 알고 있습니다. 탁구는 군대시절 보다 20% 못 미치는 정도까지 실력을 끌어올리기 위해 노력하는 중입니다. 그때는 탁구를 제법 잘 쳤거든요. 그런데 곰곰이 생각하니 그 또한 무리입니다. 몸은 이미 그 시절을 따라갈 수 있는 상태가 아닌데 아직까지 마음만 나이를 먹지 않고 젊어서 애를 태운들 그렇게 되지는 않을 테니까요. 세월이 가면 당연히 따라오는 것들을 여전히 용인하지 못하고 매달리는 것도 일종의 집착이겠지요. 받아들이고 순응하여 자연스럽게 흘러가는 이치에 박자를 맞추는 비움은 아직도 멀었나 봅니다. 테니스, 스쿼시, 배드민턴 등 각종 운동을 두루 섭렵해서 그나마 이 나이까지 또래들에 비해 건강한 것이라고 생각하며 만족하려합니다. 지나고 보니 진짜 운동 꽤나 했지 뭡니까. 앞으로 운동에는 큰 욕심을 부리지 않고 일단은 스스로 좋아하는 일을 지금까지 하고 있으니 행복하다는 생각만 가지려고 합니다.

오늘은 4년에 한 번 찾아먹는 제 생일입니다. 음력 5월 30일
이 생일이다 보니 5월이 29일로 끝나는 3년 동안은 생일이 없습
니다. 4년에 한 번 음력 5월 30일이 돌아오는데 오늘이 바로 그
날입니다.

생일이 돌아올 때면 유난히 자주 생각나는 분이 어머니입니
다. 부모님이 아니라 어머니입니다. 저도 아버지이지만, 어머니
란 존재가 부모의 2/3 이상의 비중을 차지하는 게 아닌가 합니
다. 아마도 생일은 어머니를 생각하는 날일 겁니다. 내가 세상
에 나오는 날 어머니는 기꺼이 한 번 죽었다 살아오는 고통을 감
내하며 새로운 우주를 창조하신 분입니다. 그런데 생일날에는 왜
낳아주신 어머니가 끓여주는 미역국을 자식이 먹는 걸까요? 미
역국에는 어머니를 떠올리면서 적어도 오늘 하루는 어머니의 은

혜를 잊지 말라는 의미가 담긴 것이 아닌가 싶습니다. 이 세상에 어머니보다 위대한 존재는 없습니다. 어머니라는 이름으로 불릴 때 그녀는 천하무적으로 강합니다. 세상에서 가장 아름다운 단어가 어머니라고 하는 이유이기도 하겠지요.

5살이 되도록 젖을 먹던 제가 어느새 60을 넘어 어머니 나이 즈음이 되어갑니다. 내가 안으면 품안에 쏙 들어올 정도로 작았던 어머니, 마지막으로 업었을 때는 깃털처럼 가벼워서 밤새 눈물을 흘리게 만들었던 어머니, 큰아들에게 가진 사랑을 몽땅 투자한 것처럼 보여서 막내아들인 저를 섭섭하게 했던 어머니, 오늘은 그 어머니가 몸서리쳐지게 보고 싶은 하루가 될 것입니다.

"손가락이 열 개인 것은/어머니 배 속에서 몇 달 은혜 입나 기억하려는/태아의 노력 때문인지도 모릅니다."라는 함민복이라는 시인의 시 〈성선설(性善說)〉에 따르면, 우리의 손가락이 열 개인 이유는 어머니의 배 속에서는 그 큰 은혜를 잊지 않기 위해 노력했기 때문입니다. 기억도 나지 않는 태아 시절에도 기억했던 어머니의 은혜를 어느 순간 잊어버리고 살았던 것 같습니다. 지나고 보면 그 순간들이 후회스럽습니다.

저기 또 한 사람의 어머니인 아내가 제 생일 미역국을 끓이고 있습니다.

• 입가에 엷은 미소라도 지을 수 있다면 •

　제 주변에는 저처럼 아침마다 습관처럼 인사를 하고 사랑도 하고 질투도 하면서 '소심하게' 살아가는 사람들이 있습니다. 그래서인지 우리는 닮은 점도 꽤 많습니다. 사는 일이 고단함에도 그 자리에 주저앉거나 멈춰 서지 않는 이유는 우리가 살아가는 이 세상의 어디 한 귀퉁이에 손톱만치라도 행복이 있을 것이라는 믿음 때문일 겁니다. 쉽사리 세파에 흔들리고 상처받는 영혼들이 다닥다닥 붙어서 살아가지만, 곁에 누군가가 같이 버텨주기 때문에 희망은 늘 존재하는 것이겠지요.

　누군가의 삶을 관통하는 통찰이나 마음을 움직이는 문학적 감수성을 표현할 수 있는 능력을 지니지는 못했지만, 고만고만하게 살아가는 이야기라서 용기를 내 본 것입니다. 책장을 덮으면서 입가에 엷은 미소라도 지을 수 있다면 저는 행복할 것 같습니다.

끝으로 이 말은 꼭 하고 싶습니다. 때때로 말이나 글로 표현하지 않으면 안 되는 것들이 있습니다. 마음만으로는 부족하기 때문이겠지요.

"제가 지난 10년 동안 아침마다 글을 쓸 수 있었던 것은 모두 '여러분들'이 계셨기 때문입니다. 저의 부족한 부분에 격려와 성원을 아끼지 않는 여러분이 계시지 않았다면 할 수 없는 일이었을 겁니다. 정말 고맙습니다!!"

**김복준의 아침인사**

밤새 안녕하셨습니까?


초판 1쇄 발행 2023년 8월 2일

지은이 김복준
책임편집 박일구
디자인 김남영

펴낸이 강완구
펴낸곳 써네스트　　　브랜드 우물이있는집

출판등록 2005년 7월 13일 제2017-000293호
주소 서울시 마포구 망원로 94, 2층 203호 (망원동)
전화 02-332-9384　팩스 0303-0006-9384
홈페이지 www.sunest.co.kr

ISBN　979-11-90631-65-5(03810)

ⓒ 김복준
ⓒ 써네스트

책값은 뒤표지에 있습니다.
잘못된 책은 바꾸어 드립니다.

우물이있는집은 써네스트의 인문사회과학 브랜드입니다.